누가 용사를 죽였는가

다켄 _{일러스트} toi8

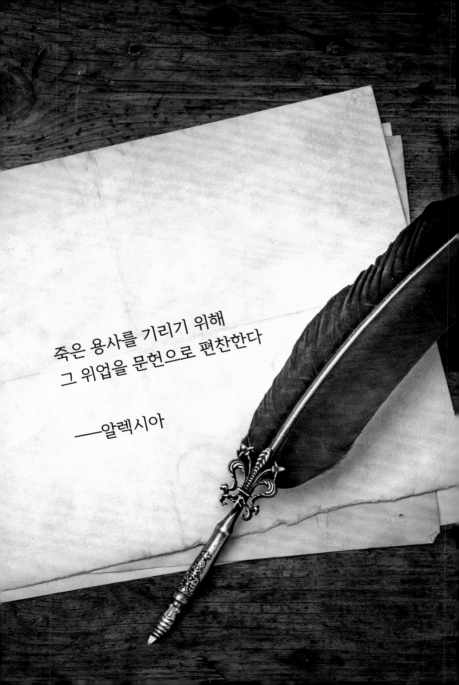

죽은 용사를 기리기 위해
그 위업을 문헌으로 편찬한다

――알렉시아

누가 용사를 죽였는가

다켄 일러스트 toi8

일러스트 — toi8

CONTENTS

Who killed the brave.

CONTENTS

이 나라의 왕가는 모계였다.

원래는 신을 섬기는 무녀의 핏줄이었다고 하는데, 그때그때 당시의 유력자를 사위로 맞아 왕으로 세움으로써 그 혈통을 지켜왔다.

사위가 되는 경우는 국내 귀족이거나 다른 나라의 왕족 등으로 다양하지만, 대부분의 경우 고귀한 혈통이어야만 한다.

다만 딱 한 가지 예외가 있었다.

바로 용사다.

주기적으로 나타나 인간의 세계를 멸망시키는 마왕. 용사는 그 마왕을 쓰러뜨리는 자였다. 이 나라에서는 그 용사에게 내리는 보상으로 왕의 지위를 약속한다. 왕가도 용사를 맞이하여 왕가의 정통성을 유지하고 세계를 구한 나라라는 위상을 드러낸다.

그런 식으로 왕가는 유구한 세월을 보내왔다.

그리고 15년 전, 이 세계에 마왕이 나타났다. 마인이라 불리는 강력한 종족을 통솔하는 왕. 인간이 섬기는 신을 대적하고 그 권속인 인간을 멸하려는 자.

치열한 싸움의 결과 이미 세계의 절반은 제압당했고, 이 나라 역시 침략의 고통을 겪고 있었다.

그곳에 용사가 나타났다.

누가 용사가 될지는 사전에 알 수 없었지만, 예언자라 불리는 인물에 의해 인도되는 경우가 많았다.

예언자는 어디선가 홀연히 나타나 예언만을 남기고 조용히 사라진다. 그 정체는 알 수 없다.

이번에는 4년 전, 국내의 한 작은 마을에 나타나 용사의 출현을 예언했다.

그 예언된 용사는 국가의 용사 육성 기관인 팔룸 학원에 들어가 두각을 나타냈다. 그 밖에 당대의 용사 후보였던 검성 레온, 성녀 마리아, 현자 솔론을 파티원으로 불러들여 지금 현재는 왕궁으로 초대되었다.

나는 이 나라의 왕녀 알렉시아. 용사에게 바치는 포상이다.

아버지는 용사에게 조금 불만이 있어 보였다.

그 말인 즉슨 '신분이 낮다' '시원찮은 놈이다' '레온이 용사였다면 좋았을 것이다' 등등.

어머니인 왕비는 조부가 서거함과 동시에 무녀의 역할을 이어받아 지금은 신전에 들어가 계시므로 이곳에는 없다. 이 나라의 왕녀는 반려가 될 왕을 선택하여 자식을 낳은 후에는 무녀가 되어 신전에 들어가 일생을 나라에 바쳐야 한다.

검성 레온은 유력한 백작가의 차기 당주로 실력도 신분도 흠잡을 곳이 없었다. 마왕이 나타나지 않았다면 그가 나의 반려가 되었을 것이다.

이전에 만났을 때는 본인도 그것을 자각하고 있었는데, 로조로프 대삼림에서의 싸움 이후 '나는 용사가 아니었다'라고 말하며 스스로 물러났다. 왕을 포함한 주변 사람들은 이를 크게 안타까워했다.

솔직히 나에게는 아무래도 상관없는 일이었다. 물론 레온은 누가 봐도 훌륭한 인물이다. 그러나 결국 나의 혼인에 내 의지는 개입되지 않는다. 그렇다면 용사가 누가 되든 나와는 상관이 없는 일이다.

나는 어렸을 때부터 면학, 검술, 승마 등에 힘쓰며 주위 사람들에게 재능을 인정받아 왔지만, 그런데도 자신의 장래를 스스로 결정하는 일조차 할 수 없었다. 정말이지 이 나라의 공주라는 것은 저주나 다름없는 존재다. 어쨌든 지금까지 왕자가 태어난 사례가 없는 것이다. 차라리 왕자로 태어날 수 있었다면 좀 더 나은 삶을 살아갈 수 있었을지도 모르는데.

내 속마음과는 상관없이 알현은 시작되었고, 옥좌실로 용사가 들어왔다.

아버지인 왕은 로조로프 대삼림에서 이룩한 용사의 공적을 치하하고 상을 내리는 것으로 정식으로 그가 용사임을 인정하셨다.

용사 아레스의 탄생이었다.

나는 포상으로서 그에게 소개되었다.

"내 딸 알렉시아다. 마왕을 토벌한 날에는 너를 알렉시아의 사위로 들여 이 나라의 차기 국왕으로 삼겠다."

주위가 잠시 술렁였다. 아무리 관습이라고는 해도 신분이 낮은 자를 왕으로 삼는 것을 불쾌하게 여기는 귀족들이 있었기 때문이다.

그러나 용사도 목숨을 거는 것이다. 그만한 대가가 없다면 누가 미쳤다고 마왕령에 침입해 마왕을 물리친다는 무모한 모험에 몸을 내던지겠는가. 용사라는 허울 좋은 말로 부르고는 있지만, 요컨대 마왕을 암살하는 자였다.

그 암살의 성공률을 높이기 위해 용사의 포상은 되도록 스스로에게 동기 부여가 될 만한 것이어야 했다.

나 역시 세계가 멸망하는 것은 원치 않았다.

이 용사가 정말 최선을 다하게 만들어야 한다.

그러기 위해서는 어떻게 행동해야 하는지 잘 알고 있었다.

나는 무릎을 꿇고 있는 용사에게 걸어가 말했다.

"용사님, 마왕을 쓰러뜨리고 세상을 구해 주세요. 저는 당신의 귀환을 기다리고 있겠습니다."

나는 아직 열두 살이라 조금 어리지만 예뻤고, 어떻게 행동하면 상대가 기뻐하는지 정도는 알고 있었다.

하지만 세계를 구해 주길 바라는 마음은 본심이지만, 귀환을 기다린다는 말은 거짓이었다.

용사는 평범한 외모를 가진 청년이었다. 조금 거친 밤색 머리에 그와 맞춘 듯한 갈색 눈동자. 잘 단련한 것 같지만 중간 정도의 체형과 키로 내세울 만한 특징은 없었다.

그는 난처한 표정을 지으며 나에게만 들리는 목소리로 말했다.

"왕녀님, 약속하겠습니다. 제가 반드시 마왕을 쓰러뜨리겠습니다."

그는 부드럽게 미소 지었다.

"하지만 이곳으로 돌아오지는 않을 겁니다. 그러니 당신은 좋아하는 사람과 결혼해 주세요."

4년 뒤 용사는 선언한 대로 마왕을 쓰러뜨렸다. 그리고 두 번 다시 돌아오지 않았다.

그로부터 4년. 드디어 안정을 되찾은 왕국은 죽은 용사를 기리기 위해 그 위업을 문헌으로 편찬하는 사업을 시작하게 되었다.

누가 용사를 죽였는가

"용사에 대해 어떻게 생각하냐고요? 그야 물론 마왕을 쓰러뜨려 줬으니 고마운 사람이죠. 지금 우리가 이렇게 살아 있을 수 있는 것도 다 용사님 덕분이니까요."

"검도 쓸 수 있는 데다 공격 마법이나 회복 마법도 쓸 수 있었다고 하잖아요. 대단하신 분이었겠죠. 돌아가셨다는 말에 얼마나 안타까웠는지 몰라요."

"아까운 사람을 잃었죠. 학원에서도 우수했다고 하고, 앞으로도 용사님 같은 분이 필요할 텐데 말이에요."

"역시 마왕을 쓰러뜨렸을 때 입은 상처나 저주 같은 게 원인이돼서 돌아가신 게 아닐까요? 그렇게나 무시무시한 적과 싸우셨으니 결국은 함께 돌아가신 걸지도 모르죠."

"뭐, 대단한 양반이지. 마왕을 쓰러뜨렸으니까. 근데 말이야, 소문에 의하면 용사는 한미한 시골 마을 출신이라던데? 만약 돌아와서 그 녀석이 정말 왕이 돼 버렸다면 그것도 좀 무서워. 나랏일이나 정치에 관한 건 전혀 모를 거 아냐?"

"왜 돌아오는 도중에 죽은 걸까요? 마왕까지 쓰러뜨렸으니 마물 같은 것에 졌을 리가 없을 텐데요. 그게 좀 신기해요."

"나는 말이지, 검성이 좀 수상한 것 같아. 어쨌든 백작님이시잖아? 차기 국왕 자리를 노리고 처리해 버린 거 아닐까? 용사만 없으면 왕녀님이랑 결혼하는 건 검성이라고 들었거든. 아차, 이 이 야기는 비밀로 해 줘. 나중에 무슨 화를 당할지 모르니까."

"현자님과 성녀님이 소꿉친구라는 이야기를 들은 적이 있어요. 현자님은 성녀님을 좋아하셨던 게 아닐까요? 하지만 성녀님의 마음이 용사님을 향해 버린 거죠. 그래서 현자님이 용사님을 무 심코 죽여버린 걸지도 몰라요."

"역시 성녀님을 사이에 두고 다툼이 있지 않았을까요? 누가 뭐 래도 그렇게나 아름다우신 분이니까요. 성녀님은 분명 용사님을 좋아하셨을 거고, 그걸 질투한 검성님과 현자님이 결탁해서 용사 님을 망자로 만들어버린 거죠. 그렇게 생각하면 아직도 독신을 고수하고 계신 성녀님이 너무 안됐어요."

"평민 출신이었다잖아요. 아무래도 귀족분들이 그 부분을 안 좋게 생각하신 거 아니겠어요? 돌아오면 왕이 되는데, 그렇게 되 면 평민의 말을 들어야 하는 거잖아요? 그게 싫으니까 누군가에 게 명령해서 용사님을 죽여버린 게 아닌가 싶어요."

"그 녀석은 친구였다."

용사 아레스와의 관계를 물었을 때, 그의 대답은 간결했다.

옷 위로도 한눈에 알 수 있을 정도로 탄탄하게 단련된 신체. 잘 손질된 금발, 짧게 다듬어진 수염, 단정한 얼굴이지만 보는 이를 압도하는 힘 있는 눈빛이 그가 범상치 않은 인물임을 보여주고 있었다.

친구. 그와 아레스의 관계는 그렇게 단순한 것이 아니었다. 학원 시절부터 함께해 온 사이로, 함께 사선을 몇 번이나 헤쳐나온 같은 파티의 일원.

레온 뮬러. 검성 레온으로서 칭송받고 있는 그는 일찍이 용사 후보의 필두이기도 했다.

"특별한 의미는 없다. 다만 그 녀석과 만나기 전까지 나에겐 친구라고 부를 만한 인간이 없었지. 나름대로 신분이 높은 집안에서 태어났으니까. 귀족 집안에서 태어나면 인간관계는 위나 아래밖에 없어. 존경하거나 존경받거나. 만난 인간을 그런 식으로 평가하게 되지. 꽤나 저질이지? 귀족이란 원래 그런 거다."

그러면서 장난스러운 미소를 짓는다.

지금의 레온에게는 그런 귀족 특유의 느낌이 없었다. 오히려 신분 차별이 없는 공명정대한 인물로 알려져 있다. 실제로 내 앞에서도 신분의 차이를 느끼지 않도록 허물없는 말투를 쓰고 있다.

──그럼 아레스와 만났을 때는 어땠나?

"나는 그때 귀족이었지. 아니, 지금도 귀족이지만 그때는 귀족이라는 생물 그 자체였어. 게다가 용사 후보였지. 검에 관해서는 나를 넘어설 자는 없다는 자부심까지 더해져 용사는 틀림없이 나일 거라고 생각했다. 주위에서도 다들 나를 그렇게 보고 있었고. 그래서……."

레온의 눈빛에 그늘이 졌다.

"그 녀석을 싫어했다. 귀족만이 들어갈 수 있는 팔룸 학원에 흙 묻은 발로 들어온 평민. 심지어 아무런 위세도 느껴지지 않는 남자였어. 시야에 담는 것조차 불쾌했지."

──지금도 존속하고 있는 팔룸 학원은 용사 육성 기관으로 명망이 높았지만 귀족만 들어갈 수 있는 학원은 아니다. 오히려 실력만 있으면 누구에게나 문은 열려 있다.

"지금은 그렇지……. 당시는 달랐어. 설립 당초의 이념은 유명무실해지고 귀족 자제의 가치를 올리기 위한 기관으로 전락해 있었다. 물론 돈만 있으면 입학이 가능했으니 표면상으로는 입학에 신분은 필요 없었지만, 굳이 그런 곳에 들어가려는 괴짜는 거의 없었지. 강해지고 싶었다면 사설 학원에 들어가거나, 유명한 검사의 제자가 되거나, 모험가로서 경험을 쌓거나, 방법은 얼마든지 있었으니까."

──그럼 왜 아레스는 팔룸 학원에 들어간 것인가?

"간단해. 그 녀석은 용사가 되고 싶어 했다. 강한 전사가 되는 방법은 얼마든지 있지만, 용사로 인정받으려면 그곳에 들어갈 수밖에 없었거든. 뭐, 생각해보면 학원에 들어가지 않는다고 용사가 되지 못한다는 법은 없었지만, 당시엔 그게 일반적인 생각이었고 그 녀석도 그렇게 생각하고 있었어."

　──첫만남은 어땠나?

　"잊었다고 말하고 싶지만, 지금도 꿈에 나올 정도다. 쳐다보며 내던지듯 이렇게 말했지. '넌 용사가 될 자격이 없다'라고."

　──아레스는 뭐라고 대답했지?

　"'그럼에도 되어야 한다'고 말했다. 평민에게 말대꾸를 들을 거라고는 생각도 못 했던 난 격분했지. 그 자리에서 베어버리려고 했는데, 보고 있던 교원이 뜯어말렸어. 학원 안에서 칼부림 사태가 나는 건 곤란하다면서. 교원들도 일면으로는 그 녀석을 어울리지 않는 인간이라고 생각했지만, 그렇다 해도 죽이는 건 지나치다고 생각한 거겠지."

　──아레스는 어떤 학생이었나?

　"범재였어. 학원에 들어오기 전에는 모험가 일을 했던 건지 전투 기술은 나름대로 갖고 있더군. 하지만 검을 든 자세도 어설퍼서 기본기부터 다시 시작해야 했다. 졸업 전까지 몇 번이나 시합했지만 내가 진 적은 한 번도 없었어."

　──용사 아레스는 학원 시절부터 대단한 성적을 거뒀다고 알려져 있는데?

　"그건 나중에 생겨난 말이야. 마왕을 쓰러뜨렸으니 학원 시절에 안면이 있던 무리가 태도를 손바닥 뒤집듯이 바꾸며 칭찬을 해댔으니까. 학생 때부터 용사의 자질을 내비쳤다나 뭐라나. 그 녀석은 빛 따위 나지 않았어. 하지만 이상하긴 했지.”

──이상하다?

“수업 모의전에서는 이기거나, 아니면 본인이 쓰러지기 직전까지 싸웠다. 자잘한 상처 정도로는 포기하지 않았어. 교원을 상대할 때도 늘 진심으로 맞섰다. 가르쳐준 내용 중 모르는 것이 있으면 이해가 될 때까지 교원이나 동급생에게 물어댔지. 검을 휘두르는 반복 연습은 밤늦게까지 했었고.”

──그 정도라면 열심히 하는 학생, 정도라고 할 수 있지 않나? 용사의 일화라기엔 오히려 약하다.

“열심히 한다는 수준이 아니야. 그 녀석에게는 휴식이라는 개념이 없었어. 자유 시간을 전혀 갖지 않았지. 모든 시간을 용사가 되기 위해서만 사용했다. 그 녀석은 잠을 잔 게 아니야. 움직이는 데 한계가 와서 쓰러져 있던 것뿐이지. 평민이라는 이유로 집적거리던 패거리도 금세 그 녀석에게 손을 대지 않게 됐지. 누가 보기에도 정상을 벗어난 집념이었으니까.”

──그렇게까지 노력했음에도 그는 범재였다는 것인가?

“아니, 나름대로 성장은 있었어. 다만 성장이라기보단 ‘그 정도로 하면 뭐라도 되긴 하겠지’ 정도의 성과였지. 노력해도 재능의 차이는 넘어설 수 없었어. 그건 엄연한 사실이다. 결국, 검으로는 나에게 미치지 못했던 것처럼 다른 분야에서도 일등이 되지는 못했어. 물론 성적은 나쁘지 않았다. 하지만 그 정도로 미친 듯이 한다면 누구라도 그 정도의 성적은 받을 수 있었을 거야. ……뭐,

그렇게나 노력할 인간이 없겠지만."

──확실히 졸업할 때 아레스는 수석이 아니었다. 수석을 한 것은 레온이었던 것으로 기억한다.

"내가 수석을 할 수 있었던 건 백작의 아들이라는 배경이 있었기 때문이다. 같은 시기에 왕족이 있었다면 그 녀석이 수석을 차지했겠지. 뭐, 물론 난 그에 상응할 정도로 성적도 우수했지만."

레온이 씨익 웃었다. 거만하지만 미워할 수 없는 미소였다.

──아까 당신은 아레스를 친구라고 불렀는데, 도대체 언제 그런 관계가 되었나?

"3학년 끝자락에 있었던 야외 연습 때. 3년 간 배운 것을 총결산하는 의미로 마물과 싸우기 위해 로조로프 대삼림으로 원정을 갔다."

──로조로프 대삼림은 지금도 마물이 출몰하는 마경이라고 알려져 있다. 팔룸 학원에서는 지금도 이 야외 훈련이 전통 행사처럼 열리고 있다.

"마경이라고 해도 장소에 따라서 마물의 강도는 상당히 달라. 나라가 몇 곳이나 들어와 있을 정도로 넓으니까. 학생들이 가는 곳은 비교적 약한 마물이 나오는 영역이었지. 숙련된 모험가였던 교원도 따라갔고 호위를 위해 기사도 동행했어. 위험은 거의 없는…… 없어야 했지. 하지만 마인 중 한 명이 이 연습을 노렸다."

──그 이야기는 유명하다. 용사의 영웅담 중 하나이기도 하다. 덤벼드는 마인을 이후 용사 파티가 될 멤버들이 쓰러뜨렸다.

"그건 영웅담이라 불릴 정도의 위업이 아니었어. 인솔 교원과 호위 기사 대부분이 살해당했다. 물론 학생 중에서도 희생자가 나왔지. 굳이 말하자면 왕국의 실수였다. 그것을 둘러대기 위해 살아남은 학생이 영웅으로 추대된 거지."

──확실히 많은 희생자가 나온 탓에 마인의 강함이 더욱 강조되었고, 그렇기에 학생 신분으로 마인을 격퇴한 용사들의 용감함이 두드러졌다.

"나중에 알게 된 사실인데, 그 마인은 마인 중에서는 강하지 않은 편이었어. 그저 교활했을 뿐. 용사가 될지도 모르는 학생을 죽여서 낮은 리스크로 공적을 세우려는 속셈이었겠지. 교원들이나 기사들도 우리를 지키면서 싸우지 않았다면 조금 더 선전할 수 있었을 거다."

──약해도 마인이라면 마물 중에서는 최강 클래스의 종족이다. 마인을 상대로 학생들은 어떻게 이길 수 있었나?

"간단한 얘기다. 실력만 놓고 보면 처음부터 이길 수 있었던 상대였던 거지. 학생이라고 해도 나와 마리아, 솔론의 힘은 뛰어났다. 다만 실전 경험이 완전히 부족했어. 약한 마물이라면 쓰러뜨릴 수 있었지만 자신들보다 강한 마물을 협력해 쓰러뜨리는 방법을 몰랐으니까. 난 혼자서 달려들었다가 맥없이 쓰러졌다. 솔론은 자신 있는 마법이 통하지 않아 당황했고, 마리아는 회복되지 않는 시체 앞에서 망연자실해 있었어."

──성녀 마리아, 현자 솔론은 말하지 않아도 잘 알려진 용사 파티의 멤버. 하지만 이때 그들은 아직 힘을 발휘하지 못했다. 그럼 아레스는 어떻게 했나?

"그 녀석은…… 마인을 보자마자 모두에게 도망치라고 지시했다. 굳어있지 말고 흩어져서 도망가라고. 승부조차 해보지 않고 도망치라니, 겁쟁이라고 생각했지. 하지만 그 지시에 따른 학생들은 살아남았고, 맞서려던 녀석들은 죽었다."

──아레스 본인은?

"도망치는 무리를 쫓으려는 마인을 막고 있었어. 결코 정면으로 맞서지 않고, 간격을 두고 견제만 했지. 한 사람이라도 더 많은 인간을 살리려고 한 거야. 그래서, 내가 마인한테 당해 쓰러졌을 때도 그 녀석은 그사이에 끼어들었어. 그 녀석이 오지 않았다면 나는 그때 죽었을 거다."

──아레스는 당신에게도 도망치라고 했나?

"아니, 나한테는 '일어서! 그리고 싸워!'라고 했지. 너무하다고 생각하지 않나?

방금 전에 마인과 싸워서 진 나에게 또 싸우라니? 싸워봤자 이길 수 있을 리가 없다고 생각했지."

──하지만 당신은 싸웠다.

"태어나서 처음으로 완벽한 패배를 맛보고 내 자존심은 엉망으로 구겨졌지만, 그래도 평민이 혼자 싸우고 있었으니까. 귀족인, 백작가인 내가 거기서 도망칠 수는 없었다.

게다가 그 녀석이 이렇게 말하더군. '용사가 된다고 하지 않았어?'라고 말이야. 없는 용기를 쥐어짜 일어섰지.

지금 생각해보면 용기를 낸 건 그때가 처음이었던 것 같군. 나는 그때까지 인생에서 용기를 내본 적이 없었어. 한 번도 어려움에 맞선 적이 없었지. 그래서 마인이라는 위협에 직면했을 때 손쉽게 마음이 꺾여 죽음을 받아들였다."

──이길 수 없는 상대와 당신은 어떻게 싸웠나?

"그 녀석과 똑같은 방식으로 싸웠다. 정면으로 맞서지 않고 거리를 두고, 틈을 봐서 달려들어 벤다. 내가 약자의 싸움법이라며 비웃었던, 기사로서는 있을 수 없는 싸움법이었지. 하지만 해보고 나서야 알았다. 그 싸움 방식은 자신보다 강한 상대에게는 유효하다는 사실을. 개체로서 인간보다 강한 마물을 상대로는 처음부터 그렇게 싸웠어야 해.

나와 그 녀석 둘이서 마인의 틈을 노려 몇 번이고 베었다. 그 녀석의 지시를 받고 솔론은 견제 목적으로 마법을 사용하기 시작했지. 마리아도 싸우고 있는 우리들의 회복에 전념했고. 그래서 이길 수 있었다."

──처음으로 용사들의 파티가 기능한 싸움이었나?

"말만 들으면 참 쉽게 들리는데. 싸우는 와중에는 이길 수 있다는 생각은 하지 않았어. 우리의 공격이 효과가 있는지 어떤지도 몰랐으니까. 그저 그 녀석이 아무런 망설임 없이 싸우는 모습을 보고 우리도 싸울 수 있었던 거야. 그 녀석도 계속해서 몇 번이고 쓰러졌어. 하지만 그 녀석은 몇 번이나 쓰러져도 곧바로 일어서서 맞섰지.

나중에 알아차린 사실인데, 그 녀석은 수업 모의전 때부터 이런 전투를 상정하고 있었던 것 같아. 그래서 모의전에서 수없이 쓰러져도, 패배를 인정하지 않고 이길 때까지 악착같이 도전했던 거였어. 우리가 별생각 없이 들었던 수업에서도 그 녀석은 많은 것들을 배웠더군. 강한 상대를 만나면 어떻게 대처해야 하는지, 어떤 식으로 싸워야 하는지…… 그런 차이들이 그 야외 연습에서 드러났던 거지."

——목숨을 구해 줘서 친구라고 생각한 건가?

"그럴 수도 있고, 아닐 수도 있고."

레온은 허공을 응시했다.

"나는 그때 '아, 이 녀석이야말로 용사다'라고 생각했다. 변명하는 건 아니지만, 뒤늦게 정신을 차리고 마인에게 가장 큰 대미지를 입힌 건 나다. 실력만을 말하자면 역시 내가 그 녀석보다는 강했어. 하지만 그런 문제가 아니야. 용사에겐 당연히 힘이 필요하지만, 그게 전부는 아니지. 물론 신분 따윈 전혀 상관없어. 용사는 그 본연의 자세가 중요하다.

나는 용사가 아니었지. 그리고 처음으로 타인을 인정했다. 신분이 위든 아래든 상관없이 대등한 인간으로서 말이야."

——어째서, 용사는 죽었나?

"그것이 아레스라는 남자의 운명이었겠지. 그뿐이다."

누가 용사를 죽였는가

학원에 입학한 직후, 교실에서 누군가가 말을 걸어왔다.

"넌 용사가 될 자격이 없다."

금발에 옷차림도 체격도 좋은 청년이었다. 푸른 눈이 인상적이고 얼굴 생김새도 단정했다.

"그래도 난 용사가 되어야 해."

내가 그렇게 답하자 청년은 분노하며 허리의 검집에 손을 올렸다.

교원이 황급히 그사이에 끼어든 덕분에 싸움은 일어나지 않았지만, 이후 그의 눈에 단단히 찍히고 말았다.

금발 청년의 이름이 레온 뮬러라는 것은 금세 알 수 있었다. 반에서는 압도적으로 눈에 띄었고, 백작의 아들이었기에 교원 중에서도 그에게 잘 보이려 하는 자가 있었다. 그리고 검 실력도 대단했다.

핏줄도 체격도 재능도 좋은데 그는 노력까지 게을리하지 않았다. 수업 이외의 시간에도 제대로 단련을 했고, 자신의 재능에 자만하는 기색도 없었다. 당연하지만 그가 용사 후보의 필두였다.

그가 용사가 되지 않을까 생각했다. 아니, 그렇게 되길 바랐다.

"레온이 용사가 되어 준다면 나는 용사가 되지 않아도 되지 않을까."

그런 이기적인 생각을 했다. 하지만 그가 정말로 용사가 되기 전까지는 나는 포기할 수 없었다. 용사라는 업을 레온에게 강요할 수는 없었다.

그래서 나는 레온보다도 더 단련에 매진하기로 했다. 그가 수업 외에 하고 있는 단련의 두 배 만큼을 스스로에게 부과했다.

다행히 시간만큼은 많았다. 레온의 주위에는 늘 사람들이 모여들었고 그는 어느 정도의 교제를 이어가야 하는 입장이었지만, 내 주위에는 아무도 없었기에 수업 이외의 시간을 모두 단련에 할애할 수 있었다.

전사반 교원은 나이에 의한 쇠약과 부상 등으로 은퇴한 전직 기사들이 많았지만 실력은 확실했다.

귀족 계급의 반 아이들을 좀 더 편애했기에 그들이 나에게 직접 지도해 주는 일은 적었지만, 수업에서 알려주는 내용은 무척이나 도움이 되었다. 나에게 호의적인 교원은 적었어도 모르는 것을 질문하면 대답해 주었다.

그 가르침을 머리에 넣어두고 학원의 교사 뒤편 등 남의 눈에 띄지 않는 곳에서 계속해서 검을 휘둘렀다.

가능하다면 거울이나 유리가 있는 곳에서 검을 휘두르며 자신의 자세를 확인했다.

수업을 통해 알게 된 사실인데, 내가 검을 휘두를 때 낭비되는 움직임이 많았다. 정식으로 검을 배우고 온 것이 아니니 당연하지만, 쓸데없는 동작이 많았다는 사실을 절감할 수 있었다.

그에 비해 레온의 검은 이상적이었다. 검선이 마치 실을 자아내듯 아름답고 군더더기가 없다. 그의 검을 본보기 삼아 나는 단련에 힘썼다. 수업 모의전에서도 되도록 그에게 도전했다.

그때마다 나는 레온에게 흠씬 두들겨 맞았고, '빨리 학원을 나가라'라면서 멸시당했다.

다만 이상하게도 레온은 다른 학생들이 나를 무시하는 것은 싫어했다.

한 번은 실수로 반에 검을 두고 왔는데, 그 검을 다른 반 아이가 가로채 자신의 것으로 삼으려던 적이 있었다.

"너 같은 평민 따위에겐 과분한 검이야. 내가 써줄게."

반 아이는 그렇게 말했고, 주위에 있던 다른 반 아이들도 웃으며 그 말에 동의했다.

"그건 소중한 검이야. 돌려주면 안 될까?"

다른 것은 뭐든 다 줄 수 있었지만, 그 검만은 줄 수 없었다.

나는 그 반 아이에게 바싹 다가갔다. 무슨 짓을 해서라도 되찾을 생각이었다.

"뭐, 뭐야?! 평민 주제에 건방지게!"

그들은 내 기세에 약간 살짝 밀렸지만, 곧 자신들의 인원이 더 많다는 사실을 깨닫고 내 주위를 에워쌌다.

"이봐."

그때 레온이 말을 걸어왔다.

"거기 있는 너, 검은 전사의 뭐라고 배웠지?"

레온은 내 검을 훔친 반 아이에게 추궁하듯 물었다.

"네······? 그게······ 검은, 전사의 생명이라고······."

질문을 받은 남자는 횡설수설 대답했다.

"흐음, 그럼 네 목숨은 장물이냐?"

질문을 받은 남자는 흠칫 놀랐다.

"아뇨, 그런 게 아니라. 전 그냥 장난으로······."

"넌 장난으로 목숨을 갖고 노는 전사가 될 건가?"

그 물음에, 그 남자는 잠자코 나에게 검을 돌려주었다.

그것을 확인하고 레온은 떠났지만, 나는 그를 쫓아가 감사의 말을 전했다.

"고마워, 덕분에 살았어."

"넌 내 말을 귓등으로 들었나?"

반면 레온은 가차 없었다.

"나는 검은 전사의 생명이라고 했다! 그것을 남에게 빼앗기는 일은 전사에게 있어 치명적인 실수! 남의 검을 빼앗는 짓도 한심한 일이지만 그것을 놔두고 온 넌 더더욱 한심한 놈이다!"

구구절절 맞는 말이었다. 그 이후, 나는 내 검을 절대 몸에서 떼지 않고 들고 다니게 되었다.

※ ※ ※

3학년 여름의 끝자락, 언제나처럼 교사 뒤편에서 검을 휘두르고 있던 나에게 레온이 말을 걸어왔다.

그가 나에게 말을 거는 일은 거의 없는 일이다. 드물게 그를 따르는 이들도 한 명도 없다.

"제법 검을 휘두르는 자세가 잡혔군."

그는 빈말이나 농담은 하지 않는 성격이었으니 칭찬의 말이었다. 나는 검을 휘두르는 것을 멈추고 레온 쪽을 향했다.

"레온의 검을 본보기로 삼았어."

"그런가. 난 그렇게까지 허접하진 않지만 날 제외하면 네 자세가 제일 낫다. 뭐, 다른 녀석들이 제대로 수련하지 않아서 그런 것도 있지만."

기쁜 말이었다. 기본기가 전혀 잡혀있지 않았던 나는 입학했을 때는 전사반 중에서도 가장 검술을 못 했다. 그랬는데, 지금은 레온이 자신의 다음이라고 말해준 것이다.

다만 나와 레온 이외의 반 아이들이 성실하게 수업을 듣지 않았다는 것 역시 사실이었다. 그들은 어설프게 실력을 키웠다가 마왕령으로 가게 될 것을 두려워하는 것처럼 보였다. 아마 레온은 그 사실이 못마땅한 거겠지.

"고마워. 노력해 온 보람이 있었네."

"그런가? 네 노력에 걸맞은 성과는 아닌 것 같은데. 매일 검을 수천 번이나 휘둘러서 겨우 그 정도라면 넌 재능이 없는 거야."

레온의 지적은 옳았다. 2년 넘게 밤낮을 가리지 않고 검을 휘둘렀는데도 지금 수준이다. 나의 재능은 누구보다 잘 알고 있다.

"그래도 괜찮아. 난 용사가 되어야 하니까, 아주 조금이라도 검 실력을 올려두지 않으면 안 돼."

"왜 그렇게까지 용사를 목표로 하는 거지?"

레온은 진지한 표정이었다.

"우리 마을에 예언자가 나타나서 용사의 출현을 예언했으니까. 내가 하지 않으면 달리 없어."

"넌 본인이 정말 용사라고 생각하는 건가?"

"글쎄. 별로 어울리진 않는 것 같은데. 진심을 말하자면 레온이 용사에 더 적합하다고 생각해."

"뭐라고?"

그는 진심으로 어이가 없다는 얼굴이었다.

"그럼 왜 용사가 되겠다며 고집을 부린 거지? 나한테 맡기면 되잖아. 그러면 매일 혹독한 수행을 할 필요도 없었어."

"아니, 그건 미안하잖아."

"미안하다?"

"용사라는 건 할 만한 게 아니야. 모두에게 원하지도 않는 기대를 받고, 마왕을 쓰러뜨리는 대역을 일방적으로 강요받으면서 목숨을 걸고 싸워야 해. 게다가 실패하면 세상은 끝이야. 이 정도로 수지가 안 맞는 장사가 어딨겠어."

"……."

레온은 조금 주저하는가 싶더니 입을 열었다.

"어제 아버지가 그러시더군. 용사 후보를 사퇴하라고."

"왜?"

레온의 아버지는 용사가 되는 것을 기대하고 있었다.

"전황이 상당히 안 좋아. 도저히 마왕령에 침입할 수 있는 상황이 아닌 것 같다. 아무리 용사라고 해도 마왕을 쓰러뜨리는 건 불가능하다고 판단한 거다."

그렇구나. 정세가 안 좋아지면 마왕령에 들어간 용사를 지원하는 일도 어렵다. 지원이 없으면 사지로 뛰어드는 것이나 다름없다.

"널 걱정해서서 그래."

"그런 건 알아!"

레온은 소리쳤다.

"하지만 어릴 때부터 난 용사가 되기 위해 노력해 왔어! 용사가 되어 세계를 구하는 것이 나의 꿈이었다고! 이제 와서 목숨 따윈 아깝지 않아! 하지만……."

백작인 아버지의 명령은 절대적이다. 게다가 그의 신변을 걱정해서 내린 결정이다. 레온은 도저히 그것을 배반할 수 없었다.

"내가 용사가 될 테니까 괜찮아."

나는 다시 검을 휘두르기 시작했다.

"반드시 마왕을 쓰러뜨리고 올게. 그러니까 괜찮아."

"나보다도 약한 네가?"

레온이 얼굴을 일그러뜨렸다.

"왜 그렇게 단언할 수 있는 거지? 넌 보통 사람이야! 아무런 힘도 없는! 마왕을 쓰러뜨릴 수 있을 리가 없잖아!"

증오를 부딪치듯 나를 몰아세운다.

"쓰러뜨릴 때까지 하면 돼. 한 번 해서 안 되면 두 번 하면 되고. 두 번을 해도 안 되면 세 번째를 노리면 돼. 그뿐이야."

나는 그렇게 낙관주의자는 아니다. 한 번 만에 쉽게 될 거라고는 생각하지 않는다.

"무슨 소리지? 첫 번째에 실패하면 거기서 끝이야. 두 번째 따위는 없어."

"그래도 할 수밖에 없어. 중요한 건 포기하지 않는 것과 냉정해지는 거야. 자포자기해서 목숨을 버리면 그때야말로 끝이지. 무슨 일이 있어도 난 끝까지 해내 보일 거야. 그러기 위해서 공격 마법도 회복 마법도 습득했어."

"······."

한동안 내 얼굴을 응시하더니 레온이 말했다.

"흥, 잘난 척은. 평민이 뭘 할 수 있다고? 역시 마왕을 쓰러뜨리는 건 나다. 너 한 명에게 모든 걸 강요하고 뒤에서 태평하게 기다리는 짓 따위 나는 못 해. 평민의 손에 세계의 명운을 맡긴다는 건 내 긍지가 허락하지 않는다. 누가 뭐래도 나는 마왕령으로 간다. 반드시 말이지."

그대로 떠나려던 레온은 마음을 바꾼 것인지 내 쪽을 돌아보았다.

"한 가지 약속해라. 내가 용사가 되면 너는 내 파티에 들어와."

의외의 말이었다.

"내가 용사가 되면?"

"만에 하나라도 불가능한 일이지. 하지만······."

레온은 거만한 미소를 지어 보였다.

"그때는 내가 네 파티에 들어가 주마."

나는 어릴 때부터 주위의 기대를 받으며 자라왔다. 백작가의 장남이라는 것은 그런 존재다.

우리 뮬러 가문은 왕국을 지탱해 온 기둥이자 왕국의 무의 상징이었기에 당연히 강할 수밖에 없었다.

정신을 차리고 보니 무딘 날로 된 작은 검을 들고 검을 휘두르는 연습을 하고 있었다.

딱히 그것이 싫었던 것은 아니다. 검 훈련은 좋아했고, 하면 할수록 실력이 늘어가는 느낌도 있었다. 검을 지도해 주시던 숙부님은 물론이고 아버지도 어머니도 칭찬해 주셨다.

결과적으로는 검 그 자체가 나의 존재 가치가 되었다.

하지만 아무리 무가의 집안이라고 해도 검만 잘 쓰면 다 되는 것은 아니다. 실제로 우리 가문에서 가장 검 실력이 탁월했던 것은 숙부님이었지만, 차남이라는 이유로 가문을 잇지는 못했다. 결국, 귀족이란 것은 핏줄이 모든 것이란 사실을 말해주는 셈이었다. 그러나 시대가 바뀌려 했다.

마왕이 나타난 것이다.

마왕과 그 휘하의 마물들은 압도적인 수와 힘으로 인간들의 나라에 침략을 시작했다.

내가 6살 때였다. 남쪽에서 마왕군과의 큰 싸움이 벌어졌다. 이 나라에서도 군을 보냈다고 했다. 그러나 폐하의 명령을 받은 아버지는 본인이 직접 출진하지 않았고, 그 대신 숙부님이 군사를 이끌었다. 백작가의 당주였기에 만일의 일이 생기면 안 된다는 이유에서였다.

숙부님은 마왕군의 침략을 받고 있던 마리카국을 돕기 위해 달려갔고, 그 용맹함을 가감 없이 발휘하여 마왕군을 격퇴하였다. 다만 도착이 늦어진 탓에 마리카국은 멸망하고 말았다.

만약 아버님이 즉시 결단하고 직접 출진했다면 마리카국을 구할 수 있었을지도 모른다.

그것이 안타까웠다.

한편 다른 귀족들과는 달리 직접 전선에 나서서 활약하는 숙부님을 나는 존경했다.

숙부님도 아들이 없었던 탓에 나를 친자식처럼 아껴주셨다. 숙부님께는 딸이 한 명 있었는데 나보다 한 살 어렸다.

사촌 동생에 해당하는 그 아이도 나를 오빠처럼 잘 따라주었고 우리는 함께 검술 훈련에 매진했다. 숙부님의 딸이라 그런지 소질은 꽤나 있었다. 조카가 남자였다면 나를 뛰어넘는 검사가 되었을지도 모른다. 그녀와 겨루며 실력을 갈고닦은 덕분에 나의 검 실력은 더욱 높아질 수 있었다.

시간이 지나면서 나라에는 서서히 무거운 공기가 감돌기 시작했다. 한 번은 격퇴했지만 마왕군은 차분히 세력을 넓혀갔고, 머지않아 이 나라에도 그 마의 손이 뻗쳐올 것이었다.

하지만 그때야말로 나의 힘이 필요한 순간이었다.

"이 검의 힘으로 나라를 구해내겠어."

그런 마음으로 계속 연마를 거듭했다. 숙부님이 '나를 넘어섰다'라고 말씀하셨다. 10대의 나이에 검성이라 불리게 되었다. 하지만 정신을 차려보니 주위에서 붕 뜬 존재가 되어 있었다.

진심으로 나라를 구하고자 마음먹은 녀석이 없었다. 주위 인간들은 모두 자신이 싸우지 않아도 될 방법을 궁리하기 바빴다. 신분이 높아질수록 그 경향은 더욱 강해졌다.

이보다 더 어이없는 일이 어디 있을까. 귀족이라면 더더욱 솔선수범해서 나라를 위해, 백성을 위해 싸워야 하는 것이 아닌가.

나는 스스로 용사가 되어 세계를 구하고, 이 나라의 왕이 되어 귀족 본연의 태도를 바로잡고자 했다. 용사는 자신밖에 없다고 믿어 의심치 않았다.

하지만 그 밖에도 같은 뜻을 가진 사람이, 자신의 몸을 바쳐 백성을 위해 싸울 사람이 어딘가에 있지 않을까 속으로는 바라고 있었다.

※ ※ ※

15살이 되어 팔룸 학원에 들어가게 되었다.

용사를 육성하기 위한 기관. 선택받은 귀족들만이 들어갈 수 있는 곳이다. 이곳에 오면 용사를 목표로 하는 귀족도 있지 않을까 하는 희미한 기대를 품고 있었다.

그곳에 있던 것이 아레스였다. 평민 주제에 팔룸 학원에 들어온 분수를 모르는 녀석.

평민은 귀족에게 보호받아야 하는 입장이다. 그것이 아니라면 귀족이 귀족으로 있을 이유가 사라진다.

물론 용사는 신분과 상관없을지도 모른다. 하지만 귀족 중에서 용사가 나오지 않으면 우리들은 그저 나라에 기생하는 존재가 되어 버린다.

"넌 용사가 될 자격이 없어."

정신을 차려보니 그렇게 말하고 있었다.

자격? 어째서 자격이라는 것이 있단 말인가. 누가 용사가 되어도 좋지 않은가. 하지만 난 도저히 용납할 수가 없었다. 나 자신이 가짜 귀족으로 전락해 버리는 것이.

"그래도 난 용사가 되어야 해."

아레스는 똑바로 나를 응시하며 대답했다. 그에게는 각오가 있었다. 학원에 입학했음에도 빼질거리며 웃기만 하고 긴장감이 없는 다른 귀족 자제들과는 달랐다.

나는 검에 손을 가져갔다. 그러자 주위에 있던 무리들이 일제히 그것을 말렸다.

왜 말리지? 너희에게는 위기감이 없는 것인가? 귀족이면서 평민에게 구원받는다면, 우리에게는 아무런 존재 가치가 없는 것인데도?

단언해도 좋다. 이 녀석은 진심으로 용사를 목표로 삼고 있었다. 그런 녀석은 나 이외에는 본 적이 없었다.

장래성이 있어 보이는 몇 명에게 물어본 적이 있었다.

"용사를 목표로 하고 있나?"라고.

답은 언제나 똑같았다.

"용사는 당연히 레온 님이 되셔야죠."

아첨이 담긴 눈빛으로 그렇게 말한다.

어째서? 용사는 누가 될지 결정되지 않았다. 세상을 구할 각오만 되어 있다면 누구나 목표로 삼아야 한다.

그렇다면 귀족이나 기사가 그것을 목표로 하지 않으면 어쩐단 말인가?

귀족이나 기사인 만큼 더더욱 백성을 위해 싸워야 하는 것이 아닌가.

물론 나는 용사가 될 것이다. 세계를 구할 것이다. 이 나라의 왕이 되어 백성을 행복하게 해 줄 것이다.

하지만 그 길은 혼자 걸어갈 수 없었다. 많은 사람과 실력을 키워나가며 정상을 목표로 나아가야 했다.

그 길을 나 혼자서 걸어가란 말인가?

황야를 홀로 나아가란 말인가?

어째서 너희들은 뜻을 품으려 하지 않는 것인가?

그 황야에 마침내 나타난 자가 하필이면 평민이라니 말이 되는 일인가?

너희들은 비웃었다. 그 평민이 용사를 목표로 삼겠다 말한 것을.

비웃지 마라.

각오도 없는 자가 각오를 가진 자를 비웃을 자격이 어디에 있단 말인가?

팔룸 학원은 용사를 육성하는 기관이다. 이곳에 입학한 이상 용사를 목표로 삼아야 한다.

그런데도 용사를 목표로 하지 않은 채 그것을 목표로 삼은 인간을 비웃는 일만큼 꼴사나운 짓은 없을 것이다.

아레스는 내가 검에 손을 들어도 흔들리지 않았다. 이 녀석은 진짜였다. 하지만 그것을 인정할 수는 없었다.

나는 귀족이고 이 녀석은 평민이니까.

※ ※ ※

학원에서의 수업이 시작되었고 검술 모의전이 진행되자 아레스는 나에게 승부를 걸어왔다.

주위 인간들은 '평민 따위가 레온 님에게 상대를 청하다니 뻔뻔하다'라면서 그것을 막으려 했지만, 나는 받아들였다.

간단한 이야기다. 아레스가 나를 상대하지 않으면 달리 나를 상대할 사람이 없었다. 사양하는 것인지 실력 차가 너무 나서 시합을 하고 싶지 않은 것인지는 모르겠지만, 나에게 도전하려고 하는 사람 자체가 없었다. 아레스가 내 상대를 하지 않으면 내 상대는 교원 말고는 아무도 없다.

그리고 모의전이 시작되었다.

아레스가 눈앞에 검을 들었다. 힘이 과하게 들어가 있어 자세가 지저분하고 여러모로 엉성했다. 그것을 본 반 아이들이 실소를 터뜨렸다.

아마 정식으로 훈련을 받지 않았을 것이다. 실전에 막 투입된 모험가나 용병의 모습에 가까웠다.

이 시점에서 대단한 기량은 없다는 사실을 깨달았다.

나는 검을 한 손으로 늘어뜨리고 아무런 자세도 취하지 않았다. 힘을 빼면 몸이 가볍고 움직임이 부드러워져서 상대의 움직임에 곧바로 대응할 수 있었다.

"하앗!" 하는 기합 소리와 함께 아레스는 검을 휘두르며 발을 내밀었다.

예비 동작이 크다. 간격은 멀다. 검으로 받아칠 필요조차 없었다.

나는 그것을 최소한의 움직임만으로 스치듯이 피한 뒤 검을 가볍게 움직여 아레스의 목에 가져갔다.

"우선 한 점. 계속할 건가?"

"계속해!"

아레스는 간격을 벌리자마자 바로 자세를 고쳤다. 이번에는 조심스럽게 거리를 좁혀온다.

그대로 내 공격 범위 안에 들어오기에 아래에서 베어 올리는 움직임을 취했다. 페인트였는데 보기 좋게 낚인 아레스는 과장된 방어 태세를 취했다. 그것을 보고 나서 양손으로 검을 다시 잡고 위에서 내려쳐 상대의 어깨에 일격을 넣었다.

탁! 하는 둔탁한 감촉이 팔에 전해졌다. 연습용 목검이니 베이지는 않겠지만 그에 상응하는 타격은 있을 것이다.

"윽!"

아레스가 고통 섞인 신음을 내며 몸을 웅크렸다.

"오오!"

주위에서 감탄의 소리가 새어 나왔다. 방금 것은 쉬운 기술이
지만 끊김 없이 움직이려면 나름대로 수련과 기량이 필요하다.
그것을 알고 있기 때문이었다.

"아직도 계속할 건가?"

왼손으로 오른쪽 어깨를 누른 아레스는 얼굴을 잔뜩 구기고 있
었다.

"……계속해."

좋은 대답이다. 나중에 성직자반 아이들의 딱 좋은 연습대가
될 것이다.

아레스는 두 번의 시합을 거치고 반성했는지 움직임을 줄이고
신중하게 움직였다.

또 내 공격 범위에 들어왔지만, 이번에는 아레스가 먼저 달려
들게 놔뒀다. 이미 타격을 입은 상태라 움직임이 둔해 이쪽에서
굳이 무언가를 할 필요도 없었다.

그리고 아레스가 검을 휘두른 직후, 그 틈을 노려 몸통에 일격
을 가했다.

"끄흑" 하고, 배에서 모든 공기가 다 빠져나가는 소리를 내며
아레스는 쓰러졌다.

그게 끝이었다. 갈빗대 하나 정도 부러졌을지도 모르지만, 당
장이라도 회복 마법을 쓰고 싶어 하는 무리는 얼마든지 있었으니

특별히 문제는 없었다.

"빨리 학원을 나가도록 해."

나는 말했다. 하지만 나를 돌아본 아레스의 눈빛에 꺾인 기색은 없었다.

그 후의 모의전에서도 아레스는 나에게 승부를 걸어왔다.

솔직히 아레스는 반에서도 약한 편이었다.

자세는 어설펐고 움직임에 낭비도 많다. 다만 실전 경험이 있는 것인지 다른 학생에게서는 느껴지지 않는 기백, 혹은 살기 같은 것은 보였다.

그렇다 보니 무슨 짓을 해 올지 알 수 없었다. 검 승부인데도 발길질을 해오질 않나, 검을 손에서 놓고 덤벼드는 일도 있었다. 이기기 위해서라면 수단과 방법을 가리지 않아 학생들 사이에서는 '미천한 녀석이다'라며 비난을 받았지만, 그 녀석은 조금도 개의치 않았다. 무슨 짓을 해서든 이기겠다는 집념뿐이었다.

하지만 그것만으로는 승부가 되지 않는다. 나와 녀석은 검 실력에서 차이가 너무 많이 났다.

아레스가 달려들 때마다 나는 철저하게 그를 때려눕혔다.

"빨리 학원을 나가도록 해."

움직일 수 없게 될 때까지 때려눕힌 후에는 매번 그렇게 말했다. 그 말을 듣고 주위에 있던 무리들은 내가 진심으로 아레스를 쫓아내려고 그러는 것이라 생각한 것 같았다.

물론 진심이었다. 아레스는 용사를 목표로 하는 라이벌인 셈이니 떨어뜨리려고 하는 것은 당연한 이야기다. 하지만 너희들은 그 대상조차 되지 못한다. 같은 자리에 서려는 시도조차 하지 않는 자에게 진심 따위 낼 리가 없다. 그리고 아레스는 몇 번이나 때려눕혀도 다시 일어섰다.

용사를 목표로 삼은 자란 그런 것이라며, 나에게 과시라도 하듯이.

정신을 차리고 보니 나는 아레스를 눈으로 좇고 있었다. 하지만 그 녀석은 나에게 눈길조차 주지 않았다. 나를 무시한 것이 아니다. 모든 시간을 실력을 향상하는 데에만 소비한 것이다. 조금이라도 시간이 있으면 교본을 다시 읽고, 넉넉한 시간이 있으면 검을 휘둘렀다. 쉽게 말해 다른 인간에게 시간을 쓸 틈이 없었던 것이다.

학원 수업이 모두 끝나면 그는 교사 뒤편에서 검을 휘둘렀다.

수업에서 배운 것을 반복하듯이, 몸에 익히려는 듯이 정성스럽고 착실하게 한 번 한 번 휘둘렀다.

나는 매일같이 그것을 보고 있었다. 적어도 같은 황야를 걷는 이가 한 명 더 있다는 것을 눈으로 확인하려던 것일지도 모른다.

"평민 주제에 발악을 하는구나."

내 주변 귀족들은 말한다.

당연히 필사적으로 임해야 한다. 우리는 앞으로 마왕과 싸워야 한다. 그런 각오가 되어 있다면 자연히 필사적으로 임할 수밖에 없다.

다만 아레스의 노력은 정상의 범주를 벗어나 있었다. 그 녀석은 쉬는 것 자체를 하지 않았다. 무언가에 쫓기는 사람처럼 계속 질주만 했다.

틀림없이 그 녀석은 용사가 되기 위한 무언가를 경험했을 것이다. 그것이 무엇인지는 알 수 없다. 물어볼 만한 것도 아니다.

어쩌면, 그것은 나에게 없는 것일지도 모른다.

※ ※ ※

얼마 지나지 않아 아레스에 관해 어떤 소문이 돌기 시작했다.

성직자반인 마리아 로렌을 좋아해 수차례 고백했다는 소문이었다.

'웃기는군.'

나는 그저 웃고 넘겼다.

마리아는 확실히 아름답다. 성녀로 불리는 만큼 성직자로서의 실력도 뛰어났다.

예전에 미래의 자신의 파티 후보로서 마리아에게 관심을 두고 이야기를 나눴던 적이 있었다. 하지만 그 녀석은 그럴싸한 미사여구만 늘어놓을 뿐 조금도 속을 내비치지 않았다.

신을 찬양하는 말은 가볍게 들렸고, 신의 존재를 느끼는 만큼 반대로 신을 믿지 않는 것 같은 여자였다. 도무지 신용할 수 없다. 그런 여자에게 아레스가 빠져들 거라고는 생각하지 않았다.

그리고 몇 달이 더 지나자, 이번에는 솔론 바클레이에게 마법을 배우고 있다는 이야기가 들려왔다.

"멍청한 녀석이라니까요. 용사가 정말로 마법을 쓸 수 있을 거라 믿다니."

반 아이들은 그렇게 말하며 그 녀석을 헐뜯었다.

확실히 맞는 말이긴 하다. 마법은 일종의 재능이다. 쓸 줄 아는 자와 쓸 줄 모르는 자는 태어나는 순간 이미 정해져 있다.

하지만 확실히 용사란 마법을 쓸 수 있는 자라는 전승은 있었다. 아레스는 그것을 진심으로 받아들이고 마법을 배우려고 하는 것인가?

그렇다면 마리아와 접촉한 것은 회복 마법을 배우기 위함이었을지도 모르겠다. 쓸데없는 짓이다. 그 녀석은 정말 쓸데없는 짓만 한다.

정신을 차리고 보니 나는 집에 있던 마법서를 방으로 들고 와 아무도 모르게 그것을 읽고 있었다. 쓰여 있는 말이 고대 문자라 읽는 것 자체가 어려웠다. 그래도 나는 사전을 찾아가면서 조금씩 읽어나갔다.

공부는 결코 못 하는 편은 아니다. 장래 자신의 영지를 이끌어가기 위해 다양한 책을 읽고 지식을 얻는 것은 중요한 일이었기 때문이다.

하지만 마법서는 그런 수준이 아니었다. 일단 읽을 수가 없다. 읽는다고 해도 문법이 현재의 것과는 달라 굉장히 난해했다.

마법사반에 들어가지 않아서 다행이라고, 진심으로 생각했다.

그리고 1월에 마술서를 읽는 것을 중단했다.

아무리 그래도 욕심이 지나쳤다. 읽을 수 없는 글자를 해독하고 정독하여 문장의 의미를 이해하고, 간신히 이해한 주문을 외워봐도 전혀 반응이 없었다. 아무런 변화도 일어나지 않았다. 이것을 계속하는 것은 나에게는 불가능했다.

'이런 것을 아레스는 계속하고 있다는 건가?'

이건 제정신으로 할 수 있는 짓이 아니다. 마법의 재능이 없는 인간이 하고 있다고 하면 미쳤다는 생각밖에 들지 않는다.

'역시 그 녀석도 이건 무리겠지.'

기본적으로 아레스는 모든 것에 서툴렀다. 그런 사내가 마법을 쓸 수 있게 될 리가 없다. 나는 그렇게 생각하며 스스로를 납득시켰다.

※ ※ ※

3학년으로 진급하고도 한참이 지났을 무렵, 아레스가 회복 마법과 공격 마법을 쓸 수 있게 되었다는 소문이 돌았다.

'별 대단한 효과는 없다'라며 모두가 멸시했지만, 그 표정에는 경외감이 섞여 있었다.

사실 정말 대단한 수준은 아닐 것이다. 하지만 녀석은 내가 하지 못한 것을 이뤄냈다. 그 노력은 상상을 초월했다.

그것은 검에 관해서도 마찬가지였다. 이 무렵이 되자 아레스는 확실하게 나를 제외한 전사반의 동급생들보다 더 강해져 있었다. 솔직히 그 노력에 상응하는 성과는 아니었지만, 그래도 확실히 힘은 성장해 있었다.

그리고 3학년이 된 후에도 아레스는 모의전에서 나에게 계속 도전해 왔다.

눈앞에 검을 든 아레스가 서 있다. 자세에는 군더더기가 없고 적당히 힘도 빠져 있었다.

정중앙에 검을 든 자세는 가장 기본이었지만, 본래 일대일 승부에서는 가장 빈틈없는 자세이기도 했다.

그에 반해 나는 옆으로 선 채 상대에게 향하도록 하여 한 손으로 검을 잡았다. 더 이상 아레스 앞에서 아무 자세를 취하지 않는다는 선택지는 없었다.

그대로 서로의 틈을 탐색한다. 공기에 긴장감이 감돌았다.

아레스가 훅 자세를 낮추더니 미끄러지듯 앞으로 다가왔다. 예비 동작이 작고 빈틈이 없다. 페인트도, 진정한 일격도 될 수 있는 공격이었다.

나는 옆으로 튀어 나가 상대의 측면을 노리는 일격을 날렸지만, 아레스는 곧바로 원래의 자세로 돌아와 제대로 공격을 받아쳤다. 물론 나도 그 일격에서 멈추지 않고 연속으로 참격을 날렸다.

페인트도 섞어가며 끊임없이 공격을 시도했지만 아레스는 최소한의 움직임만으로 적확하게 방어해 왔다.

사람이 이렇게나 바뀔 수 있을까. 전사반 중에서 가장 성장한 것은 아레스였다. 원래 제일 못했으니 당연하다면 당연하지만, 그렇기에 이 학원에 들어온 의미가 있다고 볼 수 있었다.

그에 비해 나는 학원 생활을 하며 무언가 얻은 것이 있었을까?

날마다 꾸준히 연습을 반복하긴 했다. 하지만 그뿐이었다.

좀 더 위를 목표로 했다면 안이하게 학원에 들어올 것이 아니라 다른 길을 찾아야 하지 않았을까?

숙부님과 함께 전선에 나가 싸운다는 선택지도 있었다. 전쟁터에 몸을 둔다면 배울 수 있는 것은 훨씬 더 많았을 것이다. 전선이 불가능하다면 국내에 출몰하는 마물들을 퇴치한다는 길도 있었다. 그렇게 하면 실력을 갈고닦으면서 나라에 공헌도 할 수 있었다.

나는 '검성'이라는 칭호를 지니고 있음에도 관례에 따라 팔룸 학원에 들어오고 말았다.

나만은 나라를 생각하고 있다며 자부하고 있었음에도, 사실은 아무런 생각도 하지 않고 있던 것은 아닐까?

나의 공격을 필사적으로 막고 있는 아레스를 보고 있으면 어째서인지 그런 후회만이 머릿속을 맴돌았다.

적어도 이 녀석에게만은 질 수 없다──.

아레스의 의도는 이미 간파했다. 나의 공격을 다 받아넘긴 후 모아둔 힘으로 반격의 일격을 반복할 생각인 거겠지.

나는 일부러 잠시 뒤로 물러나는 움직임을 보여주었다.

그 순간을 놓치지 않고 곧장 간격을 좁힌 아레스가 위에서 검을 휘두르며 달려들었다.

매일 수천 번씩 휘둘러 온, 우직하게 갈고닦아온 동작. 화려함은 없어도 쌓아온 시간이 느껴졌다.

하지만 예상한 것이기도 했다. 나는 옆으로 빠져나가듯 움직이며 스치듯이 아레스의 몸통에 일격을 가했다.

타격감은 있었다. 2년 전이라면 쓰러져 있었을 것이다. 하지만 아레스는 서 있었다. 자세도 굽히지 않았다. 얼굴은 고통으로 일그러졌지만 아직 싸울 마음으로 가득했다.

그 후에는 내가 압도했지만, 아레스는 끝까지 패배를 인정하지 않고, 몇 번을 쓰러져도 다시 일어섰다. 더 이상 그것을 어리석다고 비웃는 이들은 없었다.

용사는 불가능을 가능하게 만드는 인간이 아닐까. 어쩌면 나는, 할 수 있는 것을 해 온 것에 지나지 않았을지도 모른다.

※　※　※

여름의 끝자락, 국경에서 마왕군과 싸우던 숙부님의 부고가 도착했다. 마인과 싸우다 전사했다는 소식이었다.

강하고 다정한 사람이었다. 마물 따위에 밀리는 일은 없을 것이라 믿어 의심치 않았다.

사촌 동생은 아버지의 죽음에도 의연한 태도를 보였다.

"전쟁터에서 스러지는 것은 무가의 숙명입니다. 아버님도 바라던 일이셨을 겁니다"라면서.

그렇다면 당주인 나의 아버지가 전쟁터에 서지 않고 살아남은 것은 뭐라고 말해야 할까?

어째서 '검성'인 나는 전쟁터에 서 있지 않은 것인가?

나는 그녀의 모습을 보고 스스로의 무력함을 통감했다.

전선의 지휘관이었던 숙부님의 죽음은 그만큼 상황이 나쁘다는 것을 알려주었다.

"용사 후보는 사퇴해라."

아버지에게 그런 말씀을 들었다. 위험하기 때문이라는 것이 그 이유였다. 백작가의 대를 이을 아들을 마물과의 싸움으로 잃을 수는 없다는 것이다.

정말이지 귀족다운 이유다. 하지만 그렇게 되면 이 나라는 어떻게 되지? 이 세계는 어떻게 되는 것인가? 그것을 지키는 것이 귀족의 의무가 아닌가? 숙부님은 무엇 때문에 돌아가셨나?

나는 아레스에게 갔다. 제대로 이야기를 하는 것은 처음이었다.

"내가 용사가 될 테니까 괜찮아."

나의 고민을 듣고 그 녀석은 망설임 없이 대답했다. 입학할 당시부터 달라진 것이 없었다.

하지만 나는 거기서 눈치채고 말았다.

내가 무의식적으로 아레스에게 용사를 떠넘기기 위해 이곳에 왔다는 사실을.

나의 각오는 아버지가 말렸다는 이유만으로 손쉽게 흔들릴 정도의 수준이었던 것이다.

한심했다.

아레스는 줄곧 내가 용사에 더 적합하다고 생각해 왔음에도, 그럼에도 용사가 되기 위해 꾸준히 나아갔다. 그 황야를 고독하게 계속 걸어왔다.

아아, 그렇구나. 사람이란 이래야 하는 것이구나.

할 수 있고 할 수 없고가 아니라, 해야 하는 것이다.

나도 그것을 따라가 보자. 설령 지더라도 마지막까지 발버둥 쳐보자.

비록 용사가 되지는 못하더라도 세상을 위해 힘쓰겠다.

용사에게는 동료가 필요하니까.

누가 용사를 죽였는가

"저에게도 그는 용사였어요."

용사와의 관계를 묻는 질문에 그녀는 포근한 미소를 지으며 대답했다.

마리아 로렌. 용사 파티에서 회복역을 맡은 성직자. 현재는 주교로서 교회의 운영을 관할하고 있었다. 어려서부터 신의 기적인 회복 마법을 상대의 신분을 차별하지 않고 베풀어 왔기 때문에 성녀 마리아로 불렸다.

"그와의 만남은 학원 시절부터 시작되었죠. 어느 날 갑자기 말을 걸어오더군요. 회복 마법을 알려달라면서.

처음에는 사실, 관심을 받으려고 그런 거라 생각했어요. 남자들에 제게 말을 걸어오는 이유는 대부분 그런 목적인 경우가 많았거든요."

마리아는 장난스럽게 말하며 웃었다. 비단 같은 긴 검은 머리에 도자기 같은 하얀 피부, 신비로운 눈동자.

용사의 영웅담에서도 미모를 칭송받던 그녀의 아름다움은 지금도 여전히 건재했으며, 더욱더 빛이 나고 있었다.

"그런데 하는 말을 들어보니까, 그는 진심이었어요. 용사는 공격 마법도 회복 마법도 사용할 수 있는 전사라고 믿고 있었거든요."

──원래 용사는 공격 마법도 회복 마법도 쓸 수 있는 전사라고 일컬어지고 있고 지금도 그럴 텐데, 그렇게 이상한 일이었나?

"이상한 일이었죠. 애초에 공격 마법도 회복 마법도 쓰려면 선천적인 재능이 필요해요. 그 당시엔 그것들을 둘 다 지니면서 전사로서도 대성한다는 것은 불가능에 가까운 일이었답니다."

──하지만 마왕을 물리치는 용사라는 것은 불가능을 가능하게 만드는 존재가 아닌가?

"그렇게 말하자면 부정할 수는 없지만, 어쨌든 200년 이상 그런 인물은 나타나지 않았으니까요. 학원에서도 설립 초기에는 공격 마법도 회복 마법도 사용할 수 있는 전사를 육성했던 것 같은데, 효율이 너무 좋지 못해 금방 중단했다고 해요. 애초에 상성이 안 맞으니까요, 공격 마법과 회복 마법은.

마법이라는 것은 세계의 이치를 마나로 이해하고 그것을 이용하는 술법인데, 저희 같은 성직자는 세계의 이치를 신의 은혜로 받아들여 그 힘을 대행하는 것에 가까워요. 근본적인 방식이 다르기 때문에 양립하는 것이 어렵습니다."

마법사가 사용하는 공격 마법과 신의 기적인 회복 마법의 방식 차이는 현재까지도 여전히 거론되고 있었다. 양립시키는 자가 전무한 것은 아니지만, 그 경우 어느 쪽도 낮은 수준에 그친다는 단점이 있었다.

"게다가 전사로서 하는 단련과 성직자로서 하는 단련은 다릅니다. 학원에서 목표로 하는 직업에 따라 반이 나뉘는 것도 전문 분야에 특화해 효율을 높이려는 의도가 있기 때문이에요."

──그런데도 당신은 아레스에게 회복 마법을 알려주었나?

"관심이 있었거든요. 재능이 없는 사람이 신의 은총을 받을 수 있을까, 하는 것에."

마리아는 인자한 미소를 잃지 않는 여성이었지만 하는 말은 냉혹했다. 애초에 성직자로서의 재능이란 무엇인가?

"신의 존재를 느낄 수 있느냐의 여부예요. 믿음의 깊이와는 관계가 없죠."

그녀는 단호하게 믿음과의 관련을 부정했다.

"신의 존재를 느껴서 믿음이 더욱 깊어질 수는 있어도, 믿음이 깊다는 이유로 신의 존재를 느끼게 되는 경우는 없습니다. 저보다 더 믿음이 깊은 사람들을 지금까지 많이 봐왔답니다. 하지만 그 사람들이 신의 존재를 느꼈는가 하면 그렇지 않아요.

이건 완전한 재능의 영역이니까요."

성직자에게는 선천적인 재능, 즉 신의 은총이 필요하다는 것은 모두가 아는 사실이지만, 이 정도로 믿음과의 접점을 부정하는 일도 드물었다. 그것도 주교가.

"딱히 금기도 뭣도 아닌 이야기예요. 인정하고 싶지 않은 분들은 많이 계시지만요.

다시 본론으로 돌아가 볼까요? 그는 재능도 없거니와 믿음조차 없는 인간이었고, 그래서 '신이 실재한다면 어째서 마물이 존재하느냐'라고 생각하던 사람입니다. 아무런 낭만도 재미도 없는 얘기죠. 하지만 전사처럼, 실제로 마물과 싸우는 사람 중에는 그렇게 생각하는 사람들이 적지 않아요."

신과 마물의 관계성에 관해서는 논의의 대상이 되는 경우가 많지만, 그에 대해 성직자들은 한결같이 '그것은 신의 깊은 뜻이다'라고만 말하며 명확한 대답을 회피했다.

　"그래서 저는 흥미가 생긴 거예요. 재능도 신앙심도 없는 사람이 회복 마법을 쓰게 될 수 있을까? 라고 말이죠. 그래서 그에게 회복 마법을 알려주게 된 거고요."

　──회복 마법을 가르치는 일이 쉽게 가능한가?

　"아니요. 쉽게 할 수 없죠. 특히나 재능이 없는 인간에게는 더더욱. 신의 존재를 한 번도 느껴본 적이 없는 인간에게 '신의 존재를 깨달아라'라는 말은 고문이나 다름없습니다. 개에게 말을 가르치는 것과 똑같아요."

　──하지만 그것은 성공했다고 들었다. 영웅담에서 용사는 신의 기적도 쓸 수 있다고 알려져 있다.

　"그걸, 성공했다고 할 수 있을까요? 저에게 훈육을 받은 뒤부터 그는 조금씩 신의 존재를 느끼게 되긴 했어요. 그리고 2년을 꼬박 들여서야 겨우 걸음마 단계인 회복 마법을 배울 수 있게 되었죠."

　──결과적으로는 배울 수 있었으니 성공이라고 할 수 있지 않을까?

　"성직자를 목표로 하는 사람이라면 늦어도 한 달 정도면 배울 수 있습니다. 아니, 애초에 재능만 있다면 자각도 없이 할 수 있을 정도의 일이었어요. 하지만 그의 경우는 2년 동안 아무런 성장도 없었는걸요? 왜 그런 노력을 계속하는지 전혀 이해할 수 없었어요.”

——아무런 성과가 나지 않아도 회복 마법의 습득을 목표로 한 덕분에 용사가 될 수 있었던 것이 아닐까?

“그럴까요? 처음에는 저도 그저 흥미롭게 지켜보기만 했어요. ‘아, 역시 재능이 없는 인간에게는 신의 기적 따위 일어나지 않는구나’ 하고요. 하지만 그는 2년이 지나도 조금도 습득할 기미를 보이지 않는 회복 마법을 계속 연습했습니다. 보통 사람이었다면 3개월 정도 성과가 보이지 않으면 진작에 포기했을 거예요. 재능이나 신앙심 같은 기댈 곳이 있었다면 계속할 수 있었을지도 모르지만, 그에게는 그 어느 쪽도 없었으니까요.”

——왜 아레스가 회복 마법을 연습하는지 이해할 수 없었나?

“옛 전설에서 용사는 회복 마법을 사용할 수 있었다는 전문이 있긴 하지만, 그것이 진실인지 아닌지는 알 수 없어요. 게다가 십여 년 전부터 지금에 이르기까지 파티의 역할 분담은 확실하게 나뉘어 있고요. 전사직은 전위에서 움직일 수만 있으면 충분하니 굳이 회복 마법을 사용할 필요는 없습니다. 그건 이제 상식이라고 해도 될 정도죠. 그래서 저뿐만이 아니라 학원의 사람들 모두가, 그가 회복 마법을 연습하는 것을 기이하다고 느꼈어요.”

——듣고 보니 확실히 전위직 전사가 회복 마법을 쓸 필요는 없다. 물론 사용할 수 있다면 편리하긴 하겠지만, 파티가 제대로 기능한다면 그 필요성은 희박해진다.

“정말 그래요. 물론 그렇다고 해도 저는 신의 존재에 대해 알려주기만 했을 뿐 매번 연습을 보고 있었던 건 아닙니다. ‘재능이 없다'는 식의 충고는 몇 번 하긴 했는데, 결국 그를 막지는 못했어요."

──하지만 아레스는 회복 마법을 습득해내지 않았나.

"재능이나 신앙심이 없어도 회복 마법은 사용할 수 있다는 것이 증명된 셈이었죠. 다만 그가 습득할 수 있었던 건 초보 단계인 회복 마법뿐이었으니 딱히 대단한 일은 아니라고 생각했어요."

──초보 회복 마법이라면 작은 상처, 타박상 정도를 낫게 하는 치료에 지나지 않는다.

"그 정도의 상처나 통증은 시간이 지나면 낫는 것이라 그다지 큰 의미가 있다는 생각은 하지 않았습니다. 저희 성직자들 사이에서도 전투 중에 치유할 필요조차 없는 상처라는 것이 상식이었죠. 그런 작은 상처를 다 관리하고 있다가는 끝이 없을 테니까요. 그런데 그는 그런 상처를 치유하는 것의 중요성을 알고 있었던 것 같아요."

──작은 상처도 치유하는 것이 중요한가?

"대수롭지 않다고 생각해도 그런 것들을 내버려 두면 확실히 움직임은 둔해지죠. 좀 더 말하면 어떤 상처든 크든 작든 움직임에 지장을 주니까 항상 전력으로 움직이고 싶다면 모든 상처를 치유할 필요가 있어요. 그가 큰 상처를 입으면 제가 치유했고 작은 상처는 그가 스스로 치유했죠. 용사의 그 끈질긴 전투 방식은 초보 회복 마법이 있었기에 가능했다고 할 수 있어요."

──용사의 영웅담에서는 어떤 고난이나 역경에도 굴하지 않고 맞서 싸운 아레스의 용감함을 칭송하고 있다. 그 비결이 초보

회복 마법에 있었다는 뜻인가?

"맞아요. 그렇다기보단 그는 그런 작은 것들을 쌓아 나가는 것의 중요성을 알고 있었던 거겠죠. 절망적일 만큼 강한 마물이 나타났을 때도 자잘한 상처를 계속 쌓아 나가면서 쓰러뜨렸고, 불가능해 보이는 고난이 가로막아도 한결같은 노력을 계속하며 결국 돌파해 냈습니다. 이렇게 말하면 쉬운 것처럼 들리지만, 정말 굉장히 많은 시간이 들어가는 일이랍니다.

삼일 밤낮을 싸워서 적을 쓰러뜨린 적도 있었는데, 그 후에는 모두가 그 자리에서 기절하듯 잠들어 버렸어요. 그때 만약 공격을 당했다면 저희는 전멸했겠죠."

마리아는 그때를 회상하듯 웃었다.

──하지만 그런 방식으로만 싸웠다면 여행이 상당히 길어지지 않았을까?

용사의 여행은 그리 길지 않았다고 알고 있다.

"네, 물론 모든 걸 그에게 맡겼다면 말도 안 되게 긴 여행이 됐을 겁니다. 하지만 레온도 솔론도, 당연히 저도 우수했으니 대부분의 일은 순식간에 해결할 수 있었어요. 그래서 그에게 이런 말도 했어요. '너한테 맡겼다간 마왕이 수명을 다해 죽는 게 빠르겠다'라고 말이에요.

저희는 모두 어딘가 비뚤어져 있는 사람들이라 그런 식으로 그를 깎아내리려고 했는지도 모르겠어요. 하지만 그는 그럴 때 늘 웃으며 머리를 긁적이고는 '고마워, 살았어'라고 대답했죠. 왠지 저희가 더 바보 같아지는 기분이었어요."

——꽤 즐거워 보이는 얼굴인데, 당신은 아레스를 좋아했나?

"그 질문에는 여러 번 대답했습니다. 그리고 매번 똑같은 대답을 하고 있고요. 아레스는 좋아하지 않는다, 라고요. 이건 사실이에요."

그렇게 대답한 그녀의 표정에는 조금의 거짓도 없었다.

——당신은 아레스를 잊지 못해 혼자 지내고 있다는 소문이 나 있다.

"개인적인 질문을 하시는군요. 그저 혼기를 놓친 것뿐이랍니다. 저에게 조금만 더 용기가 있었다면 이미 결혼했을지도 모르죠. 성녀라고 불리고는 있지만, 진짜 저는 굉장히 겁쟁이거든요."

——어째서, 용사는 죽었나?

"슬픈 일이지만, 그것이 신의 뜻이었던 거겠죠. 아레스라는 인간의 역할은 거기까지였다, 라는 말밖에는 할 말이 없네요."

　학원에서는 전사, 성직자, 마법사로 각자가 목표로 삼은 직업으로 반이 나뉘어 있었는데, 여기서는 전문 분야밖에 배울 수 없었다. 완전한 계산 착오였다. '용사를 배출하는 학교'라길래 당연히 전사반에서도 어느 정도는 공격 마법이나 회복 마법을 배울 수 있을 거라 생각했다. 그러나 근접 전투와 마법을 동시에 가르치는 것은 비효율적이었고, 무엇보다 마법에는 타고난 소질이 필요했기에 완전히 분업화되어 있었다.

　그렇다고 해서 포기할 수는 없었다. 용사는 공격 마법도 회복 마법도 사용할 수 있어야 했고, 나 역시 그것의 필요성을 절실히 깨닫고 있었다.

　"회복 마법을 알려줄 수 있을까?"

　내가 말을 건 상대는 마리아 로렌이라는 성직자반의 유명인이었다. 길고 결 좋은 검은 머리에 투명하고 새하얀 피부를 가진 미인이었다. 내가 지금까지 만난 사람 중에서도 가장 아름다운 여성이었다.

　물론 미인이라서 말을 건 것은 아니었다. 다른 성직자반 아이들이 수업을 받을 때 조금의 여유도 없어 보이는 데 비해 그녀는 유달리 태연해 보여, 내게 회복 마법을 알려줄 수 있지 않을까 기대했기 때문이다.

　또한 그녀는 모두에게 성녀라 불리며 자애로운 사람이라는 소문이 자자했다.

"전사직이라면 회복 마법을 쓸 필요는 없지 않을까요?"

그녀는 빙긋 웃으며 대답했다.

"나는 용사가 될 거야. 그래서 마법도 쓸 수 있게 되고 싶어."

그렇게 말하자 마리아는 눈을 동그랗게 떴다. 주위에 있던 다른 이들도 술렁거렸다.

"그렇군요…… 물론 용사는 그런 인물이라고 알려져 있긴 하죠. 하지만 지금에 와서는 검과 마법을 양립하는 것은 굉장히 비효율적이라고 알려져 있어 별로 권장하지는 않습니다. 그 부분은 알고 있나요?"

"알고 있어. 교원에게 회복 마법을 알려달라고 했는데 같은 말을 듣고 거절당했거든."

"흐음, 그럼 교사에게 거절당해서 저에게 부탁하러 온 건가요?"

"맞아. 넌 성직자반에서도 우수하고 성녀처럼 자비롭다고 들었거든. 그렇다면 알려주지 않을까 싶어서."

"이봐, 아무리 마리아 님이 상냥하다고 해도 너무 뻔뻔한 거 아니야?"

그렇게 말하며 끼어든 것은 조금 통통하고 날카로운 얼굴을 한 성직자반의 여자아이였다. 그 모습은 신관직보다 전사직 쪽이 더 잘 어울릴 것 같았다.

"아뇨, 괜찮아요."

마리아가 그 통통한 아이를 부드럽게 타일렀다.

"알겠습니다. 성녀와는 거리가 멀고 아직도 수행 중인 몸이긴 하지만, 타인을 이끄는 것도 신을 섬기는 자의 임무. 제가 시간이 있을 때라도 괜찮으시다면 신에 대해 알려드릴게요."

마리아는 자애로운 미소를 지어 보였다.

그 말을 들은 주위 사람들은 입을 모아 마리아를 칭찬했다.

"정말 상냥하셔." "역시 성녀님." "저런 평민에게도 신의 가르침을 전해 주시다니."

나도 이때는 진심으로 마리아에게 고마웠고, 감사를 전했다.

다만 후일 알게 된다.

'성녀와는 거리가 멀다'라는 말에 조금의 거짓도 없었다는 사실을.

※ ※ ※

그리고 조금 지난 어느 날, 학원 건물 뒤에서 검을 휘두르고 있던 나에게 마리아가 다가왔다.

"아레스 씨, 괜찮으실까요?"

"아, 마리아. 혹시 회복 마법에 대해서 알려줄 수 있는 거야?"

"아니요. 신의 존재를 느끼지 못하는 사람에게는 회복 마법을 알려준다 해도 소용이 없어요. 비유하자면 원숭이에게 산술을 가르치는 것과 같습니다. 아시겠나요?"

"……음, 대충은."

대놓고 원숭이라고 비유 당한 것이 마음에 걸렸지만, 일단 이해는 갔다.

"그럼 어떻게 하면 신의 존재를 느낄 수 있어?"

"맛있는 빵을 사다주세요."

마리아는 생긋 웃었다.

"어? 빵? 그게 신이랑 무슨……."

"생각해서는 안 돼요. 느끼는 거죠. 자, 얼른 빵을 사다 주세요. 달리는 겁니다."

좀 이상하긴 했지만 나는 가르침을 받는 쪽이었기 때문에 일단은 전속력으로 달려 빵을 사러 갔다.

그리고 학원 매점에서 제일 맛있어 보이는 빵을 구입한 뒤 그것을 한 손에 들고 학원 건물 뒤로 돌아갔다.

"뭐죠, 이게?"

마리아는 죽은 벌레라도 보는 것 같은 싸늘한 눈빛으로 내가 사온 빵을 내려다보았다.

"뭐냐니. 빵인데?"

"후우……."

마리아는 일부러 들으라는 듯이 크게 한숨을 내쉬었다.

"이해를 못 한 것 같네요. 저는 맛있는 빵이라고 했는데요. 당신은 신에게 제대로 물어본 게 맞나요? '맛있는 빵은 어디에 있습니까?'라고요."

"어? 신은 맛있는 빵이 어디에 있는지 알아?"

혹시 신은 빵 마니아인가?

"신은 전지전능하시니 모든 것을 알고 계세요.

맛있는 빵이든 디저트든.

당신은 신의 존재를 깨닫고 나서 빵을 사와야 했어요. 그런 걸 근처 매점의 빵 따위로 때우려 하다니…… 신에 대한 모독이에요."

아무래도 맛있는 빵을 찾는 것이 신을 아는 첫걸음이었던 모양이다. ……아니, 진짜로?

"뭐, 일단은 좋아요. 오늘은 그 빵으로 용서해 드릴게요. 저는 무척 자비롭고, 배는 고프니까요."

"어?"

혹시 그냥 배가 고파서 심부름을 시킨 거 아닌가?

"다음부터는 부디 주의하세요."

마리아는 그렇게 말하고 나에게서 빵을 빼앗아 갔다.

※ ※ ※

그리고 또 추운 겨울의 어느 날, 나는 마리아에 의해 강변에 불려갔다.

"자비로운 제가 당신을 위한 시련을 고민해 봤어요."

이 시점에서 이미 불길한 예감밖에 들지 않았다.

"아니, 저기, 평범한 방법으로 알려줘도 되는데?"

"무슨 소리를 하는 거죠? 당신은 어린 시절 신부님께 기초적인 가르침을 받았음에도 신의 존재를 알아차리지 못하지 않았나요? 그랬으면서 평범한 방법으로 할 수 있을 거라 생각하는 겁니까?"

마리아가 과장스러울 정도로 어이없다는 표정을 지었다.

"그런 가련한 어린 양을 위해 제가 일부러 시련을 고민해 왔다는 말이에요. 설마 싫다고 말할 생각인가요?"

"그렇게까지 말하면 싫다는 말은 못 하지……."

"그렇겠죠. 그럼 시작할까요?"

마리아는 느릿하게 강변의 돌을 하나 줍더니 그 돌에 기도를 드렸다.

신의 가호를 받은 돌은 희미하게 빛을 띠었다.

"이 돌을 받아주세요."

나는 희미하게 빛나는 돌을 건네받았다.

"이걸 어떻게 해?"

"강을 향해 있는 힘껏 던지세요. 멀면 멀수록 좋습니다."

시키는 대로 돌을 던졌는데, 강폭이 꽤나 넓은 탓에 돌은 강 중심 언저리에 첨벙, 하고 떨어졌다.

"이제 주워오세요."

"뭐어?!"

무슨 말도 안 되는 소리를 하는 거야, 이 여자.

"신의 가호를 받은 돌입니다. 신의 존재를 알아차릴 수 있다면 쉽게 찾을 수 있을 거예요."

"아니, 아니…… 굳이 강바닥에서 그걸 찾을 필요는 없지 않아?"

딱 보기에도 강의 수심은 깊었다. 물살도 빠르다. 자칫하면 물에 빠질 수도 있었다. 그런 곳에서 강바닥을 뒤진다니, 제정신으로 할 만한 일은 아니었다.

"하아…… 대체 무슨 소릴 하는 건지."

마리아가 크게 한숨을 내쉬었다.

"당신은 일상생활에서 신의 존재를 느낄 수 없었죠? 그렇다면 극한의 상태를 강제로 만들 수밖에 없지 않겠어요? 제가 무슨 말을 하는지 정말 모르겠나요?"

"어, 아니, 그렇게 말하니까 그런 것 같기도 한데……."

"이해했다니 다행이네요."

마리아가 환한 미소를 지어 보였다.

"그럼 힘내세요."

그곳에서 돌을 발견할 때까지 약 세 시간 동안, 얼음처럼 차가운 강물 속에서 나는 지옥 같은 시간을 보내야 했다.

애초에 강바닥이라 돌이 빛나는지 어떤지도 잘 보이지 않았다.

일단 강바닥에서 적당한 돌을 주워 건네주었다.

"당신은 눈이 썩었나요?"

그러자 그녀는 냉담하게 쏘아붙이며 돌멩이를 강물에 다시 던졌다. 피도 눈물도 없는 여자다.

그런 일을 몇 번이고 반복하다가 가까스로 돌을 발견했다. 죽을 고비를 넘기며 강에서 나오자 마리아는 요염하고 사악한 미소를 지으며 말했다.

"신의 존재는 느끼셨나요?"

"뭐, 신의 부르심을 받을 뻔했다는 의미에서는 가깝게 느낀 것 같아."

나는 빈정거리며 말했다.

"그럼 이제 한 걸음 남았네요."

그녀는 나의 빈정거림을 개의치 않고 미소 지었다.

그 남은 한 걸음에 죽을 것 같은데…….

※ ※ ※

이런 식으로 마리아의 시련은 매주 진행되었지만, 회복 마법은 조금도 배우지 못한 채로 2년이 흘렀다. 배운 것이라고 하면 왕도에 있는 맛있는 빵집과 디저트 가게의 위치 정도일까.

내가 그 사실을 마리아에게 지적하자 이런 말을 들었다.

"맛있는 디저트 가게를 기억해 두면 여성들이 좋아하죠. 장래에 도움이 될 겁니다."

아니, 눈앞의 마녀는 그렇다 쳐도 내가 여자아이와 사이좋게 지낼 미래는 상상도 되지 않는데…….

시련의 효과에 관해서는 반신반의였지만, 회복 마법에 관해 의지할 사람이 달리 없으니 그녀를 믿을 수밖에 없었다.

하지만 그러던 어느 날, 왠지 모르게 감각에 변화가 찾아왔다. 구체적으로 말하자면 맛있는 빵과 디저트를 찾아내는 것에 묘하게 능숙해졌다.

"혹시 이건 신의 목소리가 들리고 있는 건가?"

그런 생각에 옛날에 배웠던 신의 기도를 중얼거리자, 팔에 나 있던 작은 상처 하나를 치유하는 데 성공했다.

"됐다! 마리아의 말은 사실이었어!"

솔직히 말하면 반쯤은 체념하고 있었기에 감격도 한층 더 컸다.

놀라운 일이었다. 마리아는 진짜 성녀였던 것이다!

왜 그녀를 더 믿지 못했을까?

제대로 믿고 시련을 겪었더라면 더 빨리 습득할 수 있었을 텐데!

내 마음은 마리아를 향한 고마움과 미안함으로 가득 찼다.

곧바로 성직자반으로 향해 마리아에게 감사의 인사를 전했다.

"고마워, 마리아! 회복 마법을 쓸 수 있게 됐어!"

"……진짜로?"

그렇게 말하며 경악한 마리아의 얼굴을, 나는 평생 잊지 못할
것이다.

한 세 살쯤 되었을까요? 어머니의 손에 이끌려 간 교회에서 저는 물었습니다.

"어머니, 왜 다들 기도하는 거예요?"

"신께 부탁하기 위해서란다. 모두가 행복하게 해달라고 말이지."

"하지만 어머니, 신은 이쪽을……."

사람을 보고 있지 않은 걸요——.

어린 시절부터 신의 존재는 느끼고 있었습니다.

네, 존재만큼은요.

독실한 신자였던 부모님이나 주위 사람들은 그것을 기적이라고 하며, 제가 성녀가 틀림없다고 했습니다.

하지만 저에게는 도무지 그것이 기적으로 느껴지지 않았습니다.

왜냐하면 신은, 우리들 인간에게 아무런 관심을 두지 않았기 때문입니다.

아버지나 어머니나 많은 신도분이 열심히 기도를 하고 있는데 신은 외면하고 있었습니다. 그것은 잔혹한 광경이었지만, 동시에 희극 같기도 했습니다.

비유하자면 인간이 신을 향해 일방적으로 이루어질 수 없는 사랑을 하고 있는 것처럼 보였습니다.

저는 그런 식으로 되고 싶지는 않았습니다. 그래서 신의 힘을 어떻게 잘 사용할 수 있을지만 생각했고, 신의 기적이라 불리는 회복 마법을 사용했습니다.

그곳에 일체의 믿음은 없었습니다. 왜냐하면 소용이 없었으니까요.

처음에 전 성직자가 된 분들은 모두 똑같이 생각하고 있을 거라 믿었습니다.

닿지 않은 기도에는 아무런 의미가 없으니, 모두가 그것을 알고 하고 있는 것이라 생각했습니다.

하지만 달랐습니다. 신관분들도 기도를 통해, 어떻게든 신의 힘에 의지해 기적을 행하고 있었을 뿐입니다. 그래서는 마법사의 주문과 다를 것이 없었습니다.

조금은 신의 존재를 느끼고 있는 것 같았지만, 아마도 안개처럼 희미하게만 보고 분명하게 느끼지는 못하는 것이겠죠. 그것이 오히려 신을 더 위대한 존재로 느껴지게 만드는 것 같았습니다.

저는 총명한 아이였기에 그런 이들의 신앙을 부정하는 말을 하지는 않았습니다. 반대로 적당히 그들의 말을 맞춰주면 신의 존재를 느끼고 기적을 행사할 수 있는 저를 '성녀다' '신의 자식이다'라며 떠받들어 주었기에 어렸을 때부터 그런 식으로 행동하는 것이 습관이 되어 있었습니다.

그것이 고통스럽지는 않았습니다. 하지만 진짜 저는 성녀가 아니었기 때문에 그런 식으로 행동하면 할수록 주위에 있는 사람들과 거리가 멀어지는 것처럼 느껴졌습니다.

유일한 예외가 있다면 솔론이라는 동갑내기 남자아이입니다.

그는 어릴 때부터 신동이라고 불릴 정도로 영리한 아이였는데, 그래서 그런지 신을 의심했던 것 같습니다.

"신이 사람의 편이라면 사람의 적인 마물은 존재할 리가 없어. 마물이 존재하는 이상 신은 사람의 편이 아니야. 그게 아니면 이 세상은 신이 만든 게 아니든가."

태연하게 그런 말을 하는 아이였기에 그는 신동 대우를 받으면서도 주위와는 동떨어진 존재였습니다.

유일하게 그 사람만이 옳은 말을 하고 있다는 사실을 알고 있었던 저는 친근감이 들어 그와 조금씩 대화를 하게 되었습니다. 너무 가까이 지내면 저까지 이상하게 여겨질 수도 있으니 적당한 거리감은 유지했지만요.

※ ※ ※

저는 어렸을 때부터 외모를 칭찬받는 경우가 많았습니다. 그런 것들이 맞물려 성녀라고 불리게 되었는데, 이것은 그저 제 부모님의 외모가 훌륭했을 뿐이지 신과는 아무런 관련이 없습니다.

다만 성장함에 따라 점점 자신이 아름다워진다는 것은 주위의 반응을 보면 알 수 있었습니다. 교제를 신청받는 경우도 많았지만 그들은 당연히 성녀인 제 모습만을 보고 있었고, 그런 사람들과 사귈 마음은 들지 않았습니다.

때로는 신분이 높은 귀족들이 강압적으로 약혼을 신청해 오는 경우도 있었습니다. 저희 집은 하급 귀족이었던 탓에 본래는 거절하기 어려웠겠지만, 저는 '성녀'였으므로 장래에 교회에 들어가겠다 공언하여 교회의 권위를 내세워 피할 수 있었습니다. 물론 부모님도 그것을 원하셨고요.

　그리고 저는 15살이 되어 팔룸 학원에 들어가게 되었습니다.

　저보다 더 회복 마법을 잘 쓰는 사람은 이 나라에는 존재하지 않았고, 당연히 교원 중에도 그런 분은 없었기 때문에 그곳에 입학할 의미는 전혀 없었습니다. 하지만 모든 일에는 순서나 체면이라는 것이 있어 입학하지 않을 수는 없었고, 표면상 교원의 위상을 위해 학원 생활을 하게 되었습니다.

　저와 마찬가지로 마법사반에 들어간 솔론은 그런 불만을 대놓고 드러낸 탓에 주위와 마찰을 빚기도 한 것 같습니다. 대인관계가 미숙한…… 아니, 하지만 그는 정말로 순수한 사람이었습니다.

　저의 학원 생활은 평온했습니다. 교원분들도 제게 정중히 대해 주셨고, 동급생분들도 저를 교원 이상으로 존경했습니다.

　수업은 지루했지만, 제 인생은 언제나 그래왔기 때문에 특별히 불편함을 느끼지는 않았습니다.

　그때 등장한 것이 아레스입니다.

　갑자기 성직자반에 성큼 들어오더니 갑자기 제게 이렇게 말했습니다.

"회복 마법을 알려줄 수 있을까?"

이 상황에는 저도 놀랐습니다. 일단 이 사람은 서민 출신이라고 알고 있습니다. 저는 하급이라고 해도 귀족, 거리낌 없이 말을 걸어도 되는 상대는 아닙니다. 게다가 전사가 회복 주문을 쓴다는 말은 들어본 적도 없습니다.

어쩌면 이 사람은 날 유혹하려고 이런 말도 안 되는 이야기를 꺼낸 것이 아닐까?

그런 생각에 조금 대화를 나눠보았는데, 아무래도 이 사람은 진심으로 용사를 목표로 하고 있는 것처럼 보였습니다. 게다가 그가 생각하는 이상적인 용사상이 바로 공격 마법과 회복 마법을 모두 사용할 수 있는 전사였습니다.

대체 이 사람은 무슨 생각을 하고 있는 걸까요? 이제 와서 그런 전설 속 인물상을 믿다니, 머리가 이상한 게 아닐까요?

제가 보기에 이 사람은 신과의 친화성이 조금도 없었습니다. 가망은 전무했죠. 불가능하다고 해도 과언은 아니었습니다.

……하지만 이 사람의 눈은 진심이었습니다. 상식에 얽매인 채 주위에 휩쓸려 하루하루를 보내는 다른 이들과는 달랐습니다.

'어쩐지 재미있을 것 같아!'

제 안에 처음으로 감정이 싹텄습니다.

그것이 무엇인지는 알 수 없었지만, 이야기를 받아들이기로 했습니다.

※ ※ ※

이날 이후부터 저의 학원 생활은 다채로워지기 시작했습니다.

'어떻게 하면, 재능이 없는 사람에게 회복 마법을 배우게 할 수 있을까?'

저는 그에 대해 진지하게 고민했습니다. 들어보니 아레스는 고향 마을에서 신부님께 회복 마법의 기초를 가르침 받은 적이 있다고 했는데, 아무것도 느끼지 못했다고 합니다.

이 정도면 절망적인 수준입니다. 평범한 방법으로는 절대로 회복 마법에 성공할 수 없을 겁니다.

그렇죠, 평범한 방법으로는.

안 그래도 신은 사람에게 관심이 없는데, 아주 조금 기도를 한 정도로는 거들떠보지도 않을 겁니다. 뭔가 좀 더 유쾌한…… 아니, 신의 관심을 끌 만한 행동을 하게 만들 필요가 있었습니다.

그런 생각을 하고 있었더니 배가 고파지기 시작했습니다. 빵, 그래, 빵을 아레스에게 사다 달라고 하면 좋지 않을까. 신의 존재를 구하면서 빵을 찾는다, 이것은 좋은 시련이 될 것 같았습니다. 분명 맛있는 빵을 구할 수 있을 테니까요. 곧바로 아레스를 찾아서 빵을 사오라고 지시했습니다.

……첫 번째 시련의 결과를 말하자면, 아레스는 평범하게 학원에서 빵을 사 왔습니다. 실망입니다. 신의 존재를 진지하게 느끼고자 하는 마음이 결여되어 있는 것이 아닐까요?

일단 먹어보긴 했지만 평범했습니다.

이대로는 안 됩니다. 더욱 혹독한 시련을 가해야 할 것 같았습니다. 맞아요, 이건 모두 아레스를 생각해서 나온 시련입니다.

그런데, 이 끓어오르는 감정은 뭘까요?

어쩌면 이것이 사랑일지도 모릅니다. 가슴의 두근거림이 멈추질 않습니다. 다음에는 강바닥에서 돌을 찾아오라 해야겠습니다.

※ ※ ※

몇 번이나 아레스에게 시련을 주었고, 점점 그가 사 오는 빵이나 디저트 중에도 맛있는 것이 늘어나기 시작했습니다.

매일같이 아레스를 위해 시련을 고민하고, 떠올린 시련을 일주일에 한 번 아레스에게 부여하고 그것을 죽기 살기로 해내는 아레스의 모습을 보는 생활은 기쁨으로 가득했습니다.

저는 태어나서 처음으로 신에게 감사했습니다.

'감사합니다. 신이시여. 제게 이렇게 멋진 사람을 보내주셔서.'

실제 아레스가 신을 알아차릴 수 있었는지 여부에 관해 말하자면, 확실히 말해서 잘 모르겠습니다. 애초에 신이 갑자기 누군가에게 은총을 내린 전례를 저는 알지 못했으니까요.

아레스에게도 설명은 했지만, 처음부터 너무 무모한 이야기였습니다. 신의 존재를 지각하는 것의 여부는 태어날 때 이미 정해져 있는 것이나 다름없으니까요.

재능이 있으면 쉽게 사용할 수 있고, 조금이라도 가망이 있다면 약간의 계기만으로도 쓸 수 있게 됩니다. 하지만 아레스에게는 그 약간의 가능성조차 없었습니다. 이것을 만약 해결할 수 있다면 그것이야말로 기적이라 부를 수 있을 것입니다.

그것을 알고 있으면서도 그는 포기하지 않았습니다. 무엇이 그를 그렇게까지 내몰았는지는 모르겠지만, 마지막까지 포기하지 않고 제가 낸 무리한 난제…… 시련들을 모두 달성해냈습니다.

생각해보면 이 시련을 시작할 때부터 저는 그에게 제 모습을 보여주었습니다. 하지만 그는 성녀가 아닌 저를 받아들이고 계속 시련에 도전했습니다.

저는 어느 순간부터 아레스가 신의 존재를 느끼게 되기를 바라고 있었습니다. 그와 동시에 이 감미로운 시간이 끝나 버리는 것에도 두려움을 느끼게 되었습니다.

그가 불굴의 신념으로 시련에 도전하는 모습은 우스꽝스럽기도 했지만, 동시에 인간으로서의 아름다움을 느끼게 해 주었습니다.

그리고 그날은 갑자기 찾아왔습니다.

"고마워, 마리아! 회복 마법을 쓸 수 있게 됐어!"

아레스가 함박웃음을 지었습니다. 그 말에 한 점의 거짓도 없는 것이 분명해 보였습니다.

"……진짜로?"

무심코 품위 없는 말이 나와버릴 정도로 큰 충격을 받았습니다.

저는 태어나서 처음으로 기적을 보았습니다.

그것도 신에 의한 것이 아니라, 사람의 손에 의해 만들어진 기적을.

저는 용사라는 존재를 믿지 않았습니다.

그런 인물은 헛된 망상에 지나지 않는다고 생각했습니다.

하지만 지금, 제 눈앞에 용사가 서 있었습니다.

누가 용사를 죽였는가

"그 녀석은 용사가 아니야. 그냥 멍청이지."

대현자라며 칭송받는 남자가 못마땅한 얼굴로 말했다.

보라색의 마술사 로브를 걸친 그 남자는 깡마른 체격에 험악한 표정, 전체적으로 신경질적인 분위기를 내뿜고 있다. 말투도 거칠어서 용건이 없다면 가까이하고 싶지 않다는 마음마저 들었다. 그가 바로 솔론 바클레이다.

어린 시절부터 신동이라 불렸고, 팔룸 학원에 입학한 시점에서 교원보다 마술에 더 능했다고 알려져 있다. 그리고 현재에 이르기까지 새로운 마법 창출과 마술에 관한 발견을 여러 가지 이뤄 내 세계에 기여한 공헌도 크다.

"애초에 용사라는 게 뭐지? 힘이 뛰어난 자인가? 강력한 마력을 가진 자인가?"

——마왕을 쓰러뜨리는 자가 아닌가?

"마왕을 쓰러뜨리면 용사인가? 용사니까 마왕을 쓰러뜨리는 것인가? 어리석은 이야기야. 달걀이 먼저냐 닭이 먼저냐 하는 것과 똑같아. 그 녀석에게는 힘도 마력도 없었어. 용사가 되기 위한 요소라고는 무엇 하나 없었다고. 그런 놈에게 세계의 명운을 맡긴다? 다들 정신이 나간 거지. 그 녀석은 용사 같은 건 하지 말았어야 해. 그 녀석에게 모든 걸 내맡긴 무리들도 다 미쳐버린 거라고."

──하지만 마왕을 쓰러뜨렸다.

"그건 결과론이지. 운이 좋았다는 말밖엔…… 아니, 아니지. 그 녀석 정도의 노력을 쌓으면 누구라도 쓰러뜨릴 수 있었어. 그걸 게을리하고 모든 걸 그 녀석에게 떠넘긴 것뿐이야. 레온도 마리아도 나도 더 열심히 할 수 있었어. 다른 녀석들은 논외다. 아무것도 하지 않은 그딴 패거리가 태평하게 살아가는 세상이라니, 정말이지 이해가 안 가."

──레온은 그 노력을 비정상이라고 말했다.

"비정상? 마왕을 쓰러뜨리는 일이야. 매일 검을 천 번 휘두르면 쓰러뜨릴 수 있을 거라 생각하나? 마법을 백 번 외우면 마왕에게 먹힐 거라 생각하나? 그럴 리가 없잖아? 기사단장이나 궁정 마술사 따위를 목표로 삼는 것과는 차원이 다른 이야기라고. 마왕을 쓰러뜨리기 위한 노력을 해야 해. 뻔한 수준의 노력을 한다고 해서 마왕을 쓰러뜨린다는 가능성이 보일 리가 없잖아. 정상의 범주를 벗어나는 게 당연하지."

──당신이 아레스에게 마법을 가르쳤다던데.

"끈질기게 붙잡고 늘어졌으니까. 나를 계속 따라다니면서 마법을 알려달라고 몇 번이나 부탁했어. 마법과 교원들은 그 녀석에게 마법을 알려주길 거부했다는 것 같더군. 그야 당연하지. 그 당시나 지금이나 전사직 학생에게 마법을 알려주는 짓은 안 하니까. 효율도 안 좋고 시간 낭비일 뿐이거든. 그래서 그 녀석은 나한테 계속 매달린 거야. '교원보다 마법을 더 잘 아니까 나에게 마법을 알려줘'라고 말이지."

——그래서 알려준 건가?

"간단한 기초 정도만. 심심풀이 같은 거였지. 하지만 다른 사람한테 마술을 알려주면서 알게 된 사실도 이것저것 있었어. 뭐, 나쁜 경험은 아니었어. 지금 내가 제자를 갖게 된 것도 그 녀석 때문일지도 몰라. 그 일이 없었다면 난 아마 죽을 때까지 남을 업신여기면서 누군가를 가르치는 일 따위는 하지 않았을 테니까."

——아레스에게 마법의 재능이 있었나?

"없었어. 있긴커녕 내가 만난 사람 중에 가장 마술적 소양이 없었어. 레온과 마리아와도 만났지? 같은 말을 듣지 않았나? 그 녀석에겐 아무런 재능도 없었다고. 검도 마법도 신의 기적도 무엇 하나 갖고 있지 않았어. 평범한 사람도 그 정도면 감탄이 나올 수준이야."

——하지만 용사 아레스는 마법을 썼다고 알려져 있다.

"일단은……. 그 녀석이 불 주문을 쓸 바에야 부싯돌을 써서 불을 내는 편이 더 빨랐어. 딱 그 정도야. 죽을 만큼 힘든 수련을 거듭해 얻어낸 게 겨우 그거라고. 아무런 도움도 안 될 거라 생각했지."

——그런데 도움이 되었나?

"되더라고. 그런 하찮은 마법이. 그것도 한두 번 정도가 아니야. 그 녀석은 마법을 정말 잘 썼어. 센스가 좋았다고 해야 하나? 예를 들어 불의 마법을 적에게 그대로 쓰는 게 아니라 기름을 뿌린 다음 불씨로 사용했지. 적과 검으로 대치하는 도중에 상대의 눈에 바람 마법을 날리거나. 그런 식으로 사용했어. 약한 마법이지만 충분히 효과적이었지. 그 녀석한테 배운 점도 꽤 많아. 마법은 어떻게 사용하느냐에 따라 1이 10이 될 수도 있고, 0이 될 수도 있다는 걸 알았지.

나는 첫 전투였던 로조로프 대삼림의 싸움에서 내가 쓸 수 있는 최강의 마법을 마인에게 날렸는데, 그게 전혀 먹히지 않아서 머리가 새하얘졌어. 부끄러운 이야기야.

그런 나한테 그 녀석은 이렇게 말하더라고. '더 약한 마법이라도 괜찮으니까 시간을 끄는 데 써줘. 지금 네가 할 수 있는 건 그거야'라고.

평소의 나였다면 그 녀석의 명령 따위는 절대 듣지 않았을 거야. 하지만 그때는 경황이 없는 와중이라 인형처럼 그가 시키는 대로만 움직였지. 그리고 결과적으로 그게 잘 먹혔고."

──그 일로 아레스와 파티를 짤 마음이 들었나?

"그때의 나는 오만했어. 파티 따위 만들지 않아도 혼자서 마왕을 쓰러뜨릴 수 있다는 자신감에 차 있었지. '레온이나 마리아 정도면 파티를 짜도 괜찮겠네' 정도로만 생각했어. 아마 레온이나 마리아도 똑같은 생각을 하지 않았을까? 그 두 사람은 성인군자 같은 가면을 쓰고 있지만 그 근본은 나랑 똑같이 오만해서 타인을 내려다보는 걸 당연하게 여기고 있었을 테니까.

그랬는데, 로조로프 대삼림에서 자신의 무력함을 아플 정도로 깨닫고 결국 그 녀석과 파티를 짜게 된 거지. 그 녀석이 없었다면 우리는 각자의 추종자들과 각자 파티를 짜서 진작에 죽어 나자빠졌을 거다. 우리들 개개인의 능력은 뛰어났지만, 그 녀석이 없었다면 모이지 못했을 테니까.”

　　──아레스가 있었기에 힘을 발휘할 수 있었다는 뜻인가?

　“……모르겠군. 다만 한 가지 말할 수 있는 건, 레온이나 마리아나 내가 없었다 해도 누군가가 우릴 대신해서 마왕을 쓰러뜨릴 수 있었겠지만, 그 녀석이 없었다면 마왕은 쓰러뜨릴 수 없었다는 거야.”

　　──그것은 용사의 자질이라고 할 수 있지 않을까?

　“자질 같은 소리. 말했잖아, 그 녀석은 그냥 멍청이였다고. 용사란 그렇게 고상하게 칭할 만한 게 아니야. 평범한 인간은 평범하게 살도록 얌전하게 놔뒀어야 한다고. 우리는 분명 천재가 맞아. 재능만 믿고 안주했지. 하지만 그 녀석에게는 그것조차 없었어. 가진 게 아무것도 없는데 용사라는 말을 듣게 된 천하의 멍청한 놈이라고. ‘용사님이다’라고 말하는 건 쉽지. 하지만 그런 무리들이 그 녀석에 대해 뭘 안다는 거지? 용사니까 마왕을 쓰러뜨리는 게 당연한 건가? 그 녀석이 그걸 위해 뭘 했는지, 뭘 희생했는지는 알고 하는 말인가? 그 녀석보다 재능 있는 인간들은 많았어. 나도 포함해서. 그런 우리들이 아무것도 하지 않아서 그 녀석이 그 망할 용사가 될 수밖에 없었던 거라고.”

　　──당신은 현자로서 마왕과 싸웠다. 아무것도 하지 않은 것은 아니지 않나?

　“내가 마왕과 싸우는 건 당연한 거지. 천재니까. 레온도 마리아도 싸워야 하니까 싸운 것뿐이야. 그건 우리에게 부여된 의무, 운명 같은 거였으니까. 하지만 그 녀석은 달라. 그럴 수 있는 그릇이 아니었지. 그런데 운명을 비틀어서 마왕과 싸웠어. 아무리 그 녀석이 원했다고 해도, 망할 용사라는 단어로 그 녀석을 부르지 않았으면 좋겠군."

──어째서, 용사는 죽었나?

"글쎄. 나한테 묻고 싶은 건 그게 끝인가? 그렇다면 돌아가. 이야기는 끝이야."

──아레스의 사인은 무엇인가?

"……정말 묻고 싶었던 건 그거였군?"

조금 전까지 언짢은 심기를 드러내던 솔론이 재미있다는 듯 웃었다.

"우리가 보고했던 대로 아레스를 죽인 건 마인이다. 그건 확실해. 하지만 우리들은 죽은 모습을 보진 못했지."

──마왕을 쓰러뜨렸는데 그 휘하에게 죽었다?

"뭐, 그렇게 되려나."

──왜 당신들은 그 자리에 없었나?

"운이 없었던 거겠지. 그뿐인 이야기야."

──상황적으로 당신들이 아레스를 죽였을 수도 있지 않나?

"아하, 그래. 그렇게 생각할 수도 있겠네. 하지만 그건 불가능해. 우리는 아레스를 죽일 수 없어. 설령 죽일 마음이 있었더라도 말이지."

──아레스가 강해서 그런가?

"아니, 말 그대로 불가능했다는 것뿐이야."

──마지막으로 한 가지만 묻고 싶다. 당신에게 아레스는 무엇

이었는가?

"그 녀석은 친구야. 평범한 친구. 딱 한 명뿐인. 하지만 나는 그 싸움에서 그걸 잃고 말았지. 정말이지 평범하고 겸손한 남자였는데. ……아, 하지만 한 가지 고집 있는 구석은 있었어."

──고집?

"마왕 토벌 여행을 떠나기 전에 왕이 화가에게 우리의 모습을 그리게 했거든. 근데 그 그림에 그 녀석이 어찌나 까다롭게 주문을 넣던지. 코를 좀 더 크게 해 달라, 눈을 좀 더 크게 해 달라. 굳이 말 안 해도 화가가 적당히 미화해서 그려줄 텐데 뭘 그렇게 말이 많냐며 우린 다 웃었지. 용사답지 않은 평범한 외모에 콤플렉스라도 있는 건가, 그때는 그렇게 생각했어."

솔론은 입매를 작게 일그러뜨리며 웃었다.

"아레스에 대해 알고 싶다면 고향인 탈리즈 마을에 가봐. 용사에 대해 문헌으로 정리할 거라면 그 정도는 해야 후회가 없지 않겠어?"

누가 용사를 죽였는가

나에게 부과한 검 수련과 일주일에 한 번 열리는 마리아의 시련에도 점차 익숙해진 나는 다음 목표를 향해 나아가기로 했다.

그랬다. 공격 마법의 습득이다.

밑져야 본전으로 마법사반 교원에게 물어봤지만 깔끔하게 거절당했다.

뭐, 이건 예상한 결과다. 나는 이미 내게 공격 마법을 알려줄 만한 학생을 점찍어 두었다.

솔론 바클레이. 신동이라 불리는 미래의 대현자. 학원에 입학한 시점에서 마법사로서의 역량이 교원을 넘어서서 제대로 수업에 참가하지 않는 문제아이기도 했다.

그를 선택한 이유는 하나. 학원에서의 그는 어슬렁대며 여기저기를 산책하기만 할 뿐이라 한가해 보였기 때문이다.

그래서 쉽게 발견하게 힘든 그의 모습을 확인한 그 날, 곧바로 말을 건넸다.

"솔론 바클레이, 나에게 마법을 알려줘."

"싫어."

솔론은 내게 눈길조차 주지 않고 대답하고는 그대로 지나치려 했다.

깡마르고 표정도 험악한 그는 온몸에서 남을 거절하는 분위기를 풀풀 풍겼다.

"잠깐만, 이야기라도 들어주면 안 될까?"

나는 그의 앞으로 걸어가 그가 가려던 가로막았다.

"들을 필요도 없어. 넌 아레스. 진심으로 용사를 목표로 삼은 머리가 어떻게 된 녀석이지. 레온을 본보기 삼아 쓸데없을 만큼 검 수련을 반복하고, 일주일에 한 번은 마리아의 장난감 신세가 되고 있어. 그리고 이번에는 나한테 공격 마법을 알려 달라는 건가? 어이가 없군. 천재인 내 시간을 왜 너 같은 녀석을 위해 써야 하지? 네가 쓸데없이 인생을 시궁창에 처박는 건 네 자유지만 날 방해한다면 가만두지 않을 거야."

험악한 표정을 더욱 험상궂게 만들며 솔론이 빠르게 몰아붙였다.

"잘 아네. 이유를 알고 있다면 대화가 빠르겠다. 부탁할게, 마법을 알려줘."

"내 얘기 들었어? 범인 주제에 천재를 방해하지 말라고."

"하지만 한가하잖아?"

"한가? 내가?"

"학원에 와 있을 때는 할 일이 없어 보이던데? 친구도 없는 것 같고."

"너도 친구는 없잖아! 죽고 싶어?"

솔론이 오른손에 마력을 집중시킨 것을 알아차린 나는 황급히 길을 터주었다. 아무래도 친구가 없는 것을 신경 쓰고 있는 모양이었다.

"앞으로 두 번 다시 나한테 말 걸지 마."

그 말만을 내뱉고 솔론은 떠났다.

※ ※ ※

일주일 뒤 다시 솔론의 모습을 본 나는 또 한 번 말을 걸었다.

"안녕, 솔론. 지난번 이야기 생각해 봤어?"

"너는 기억력이라는 게 없나? 아니면 마리아의 괴롭힘 때문에 머리가 맛이 간 건가? 그리고 남의 이름 막 부르지 마, 죽인다?"

그 후 나는 솔론을 볼 때마다 이런 대화를 반복했다.

솔론은 나를 만날 때마다 '죽어' '찌질이' '쓰레기' 등의 욕을 던졌지만 마리아의 시련으로 쓸데없이 정신력이 강해진 나에게 그 정도의 욕설은 아무런 효과가 없었다.

그리고 한 달쯤 지난 어느 날, 마침내 그는 걸음을 멈췄다.

"알았어, 알았다고. 징그러운 자식. 네 말에도 일리는 있어. 확실히 학원에서 나는 한가해. 시시한 속박 때문에 여기 와 있는 것뿐이니까."

들어보니 솔론은 오직 학원의 체면 때문에 이곳에 입학하게 되었다고 했다.

"우리 집은 신분 낮은 귀족이지. 아버지도 실력 있는 마술사이긴 하지만 그래도 신분 차이는 어쩔 수 없었어. 상급 귀족인 이곳의 이사장은 학원에 솔론 바클레이가 재적하고 있다는 간판을 내걸기 위해 아버지에게 압력을 넣어 나를 입학시켰어. 처음 한 달은 학원에 있는 장서로 시간을 보냈지만 지금은 그것마저 사라져서 할 게 없어. 하지만 알려주는 쪽에도 선택할 권리라는 게 있지."

그렇게 말한 솔론은 품에서 책을 여러 권 꺼내 들었다. 물리적으로 품 안에 들어갈 수 있는 양은 아니었다. 이것도 무슨 마법일까?

"이 책은 이 학원의 마법반 학생들에게 배부된 거야. 읽고 이해하면 초급 수준의 마법을 쓸 수 있게 되지만, 실제로는 소질도 어느 정도 필요해. 마법을 쓸 수 있게 되란 소리는 안 해. 책의 내용을 외워 와. 일주일 정도면 적당하겠지?"

"일주일?! 그렇게 짧은 시간 안에 이 많은걸⋯⋯."

마법반이 1년에 걸쳐 배우는 수업 내용이다. 무모한 것에도 정도가 있다.

"못하겠어? 난 용사가 되겠다는 쪽이 훨씬 더 불가능하다고 생각하는데. 애초에 소질이 없는데도 마법을 쓰고 싶다는 거잖아. 그 정도에 약한 소리를 할 거라면 네가 마법을 쓰게 될 일은 평생 없을 거다."

"음⋯⋯."

듣고 보니 맞는 말이다. 솔론은 결코 틀린 말을 하지 않았다.

게다가 마리아의 시련에 비하면 멀쩡한 내용이었다.

"알았어. 일주일이지? 외워 올게. 그때는 마법을 알려줘."

"나는 거짓말은 안 해."

그 말만을 남기고 솔론은 떠났다.

나는 내 방으로 돌아오자마자 곧장 책을 읽기 시작했다. 조금 어려운 내용이었지만 옛날에 읽었던 마술서와 공통된 부분도 있어 의외로 이해가 안 되는 것은 없었다.

　그날부터 나는 검의 수련을 멈추고, 마리아의 시련에서 도망쳐, 잠자는 시간조차 줄여가며 책을 읽었다.

　밤낮없이, 수업 시간에도, 식사할 때에도 모든 시간을 책을 읽는 것에만 할애했다.

　그리고 일주일 뒤, 솔론을 본 나는 그에게 달려갔다.

　"외워 왔어!"

　"그래?"

　흥분한 나와 달리 솔론의 반응은 시큰둥했다.

　"그럼 가자."

　솔론은 학원 건물을 향해 걷기 시작했다.

　"어디로? 외웠는지 안 외웠는지 확인 안 해?"

　"나는 불가능한 말은 안 해. 그리고 넌 거짓말을 못 하는 녀석이지. 그렇다면 굳이 확인할 필요는 없어."

　나는 잠시 멍한 표정을 지었다가, 곧바로 솔론의 뒤를 따라갔다.

　솔론이 향한 곳은 빈 교실이었다.

　"그럼 불의 주문을 영창해 봐."

　시키는 대로 책에 적혀 있던 불 주문을 외웠다.

　하지만 아무 일도 일어나지 않았다.

　"흠, 주문은 틀리지 않았네. 하지만 주문에서 마나가 느껴지지 않아. 불의 이미지는 상상했어?"

"응, 책에 적혀 있던 대로 불을 상상했어."

"무슨 불?"

"난로의 불이야."

"이미지가 약해. 좀 더 활활 타오르는 불꽃을 상상해."

이런 식으로 솔론은 세세한 지시를 내리고 책 내용을 더 자세히 짚어주었다.

성과는 좀처럼 나오지 않았지만 솔론은 언제나 진지했다.

"재미있어. 아주 흥미로워. 어쩌면 마법의 기본 원리를 좀 더 면밀히 분석할 수 있을지도 몰라."

"하지만 마법이 나올 기미조차 안 보이는데?"

"그러니까 재밌는 거지. 난 의식하지 않고 마법을 쓸 수 있지만, 어떤 것을 의식해서 마법을 쓸 수 있는지 밝혀낼 수만 있다면 마법의 효율성이 올라갈 가능성이 있어. 즉 네가 마법에 성공하는 길을 알아내면 마법을 근본적으로 개선할 수 있을지도 모른다는 뜻이지."

솔론의 말은 알 것 같으면서도 여전히 아리송했지만, 어쨌든 그는 최선을 다해 알려주었다.

솔론은 일주일에 한 번 학원에 왔기 때문에 딱 그때만 마법을 알려주었는데, 이런저런 대화를 함께 나누다 보니 사이가 좋아졌다.

비뚤어진 성격에 사교성 없는 사람이라고만 생각했는데, 솔론은 사실 남을 잘 보살펴주는 좋은 녀석이었다.

"신동이니 천재니 하면서 치켜세우면서도 반대쪽에서는 귀족

간의 진창 같은 인연을 어린 시절부터 계속 이어왔으니 당연히 비뚤어질 수밖에. 덕분에 주위 사람들을 아무도 믿을 수 없어서 늘 혼자였어."

솔론은 자조하는 듯 말했다.

"마리아도 똑같아. 그 녀석은 그저 신의 존재를 느낄 수 있을 뿐 진짜 성녀는 아니었는데, 주위의 기대를 강요받아 저렇게 됐지. 지금도 겉으로는 멀쩡해 보이지만 속은 곪아 있을 거야. 하지만 그렇다 해도 그 정도로 신의 존재를 느낄 수 있는 녀석은 달리 없어. 신분만으로 주교라는 지위를 차지하고 있는 노인네들이랑은 차원이 다르지. 마리아가 널 가르치지 않으면 다른 누구도 알려줄 수 없다는 뜻이기도 해. 그 녀석은 심지 부분은 그래도 성녀거든."

솔론은 마리아를 향해 복잡한 심경을 품고 있는 것처럼 보였다.

"그나저나 마리아의 시련이라는 건 어떤 느낌이야?"

"저번에는 채찍으로 몇 번이나 맞았어. '진심으로 신에게 기도하면 아픔을 느끼지 않게 될 거다'라면서."

"……그, 그렇군. 하지만 자신의 상처를 치유하는 건 신의 기적의 첫걸음이야. 채찍으로 맞는 동안 상처를 치료하려는 신체의 치유 작용과 함께 신의 존재를 느끼게 될지도 모르지."

"최근에 고위 주교가 자기 엉덩이를 만졌다면서 '그 대머리 자식! 망할 영감탱이!'라고 말하면서 때렸어."

"……."

"게다가 때리는 동안 마리아의 얼굴이 점점 희열 섞인 미소로

변해가서 좀 무서웠는데, 정말 괜찮은 거 맞아?"

난 어떻게든 회복 마법을 배워야 하지만, 마리아의 지도에는 의문이 드는 부분이 많았다.

"……효과는 있었어?"

"중간부터 확실히 통증은 사라졌어. 마리아는 그걸 '신의 기적'이라고 했는데, 그냥 너무 많이 맞아서 감각이 없어진 거라고 생각해."

"그런 것치고는 몸에 자국은 안 남은 것 같은데……."

솔론이 내 몸에 힐끔 시선을 돌리며 확인했다.

"마리아가 채찍 자국만 깨끗이 치료해 줬거든. 시련의 내용은 비밀이니까 증거를 인멸해야 한다면서."

마리아는 그 훌륭한 실력을 괴상한 방식으로 증명해 보였다.

"자, 마법 특훈을 시작할까! 나라는 천재의 시간을 낭비해서는 안 되니까!"

솔론은 나에게서 시선을 돌리고 마법 특훈을 시작했다.

※ ※ ※

이렇게 나의 학원 생활은 흘러갔다. 쓸 수 있는 시간은 모두 수련에 쏟아부었다. 학생과 교원을 포함한 주위 사람들은 기이한 시선으로 바라보며 '아무 성과도 안 나오는데 쓸데없이 고생한다'며 무시했지만, 그럼에도 용사가 되는 것을 포기할 수는 없었다.

그리고 3년이 된 지 얼마 되지 않았을 때, 마법을 쓸 수 있게 되었다. 손가락 끝에서 아주 작은 불의 마법이 발동한 것이다.

"해냈구나!"

솔론이 마치 자신의 일처럼 기뻐해 주었다.

"이건 굉장한 일이야! 재능이 없으면 마법은 사용할 수 없는 게 맞아! 하지만 네 노력은 그걸 송두리째 뒤집었어! 이건 자신감을 가져도 되는 일이야! 기존의 마법 이론을 뒤엎을 만한 획기적인 일이라고!"

정말로 너무 기뻐서 내가 기뻐하는 것을 잊어버렸을 정도다.

그 후 점점 기쁨이 차올랐고, 내 뺨 위로 눈물이 흘러내렸다.

"고마워, 솔론 덕분이야."

꿈에서까지 봤던 마법을 드디어 사용할 수 있게 된 것이다.

두 번 다시 후회하지 않기 위해서라도.

글씨를 읽을 수 있게 된 것은 한 살쯤 때였을까. 그 무렵에는 그림책 같은 것이 아니라 아버지의 난해한 장서 같은 책을 읽고 있었다.

물론 내용을 아는 것은 아니었다. 아버지가 계속 책을 읽으셨기 때문에 그 흉내를 내려고 한 것뿐이다. 아버지도 귀중한 장서였음에도 아이가 책을 읽으려 하면 기꺼이 내어주는 사람이었다.

책을 읽는 것이 즐겁다기보단 아버지 옆에서 함께 책을 읽는다는 행위가 즐거웠던 것 같다. 덕분에 내용도 차차 알게 되었다.

그런 생활을 해 온 덕분에 세 살 무렵에는 마법에 관한 책을 읽을 수 있었다.

그것까진 위험하다고 생각했는지 아버지는 바로 마법을 쓰는 것은 허락하지 않았다. 하지만 다섯 살이 되자 허락이 떨어졌고, 불의 마법을 사용해서 곰 인형을 통째로 태워 먹었다. 이때는 어머니에게 엄청나게 혼났다. 기본적으로 어머니는 관대하셨지만 우리 집에서는 가장 상식적인 사람이었다.

내가 어린 나이에 마법을 쓸 수 있다는 말은 순식간에 화제가 되었고, 여러 곳에서 마법을 보여주게 되었다. 구경거리 신세나 다름없었지만 당시의 나는 그것이 자랑스러웠다.

하지만 '아이인데 마법을 쓸 수 있다니 굉장하다'라는 말도 들은 반면 '아이인데 마법을 쓰게 하는 건 위험하다'라는 말도 들었고, 또래의 다른 아이와는 확실하게 다른 대우를 받게 되었다.

굉장하다고 생각하는 부모들은 나의 장래를 기대하며 자신의 아이를 나에게 접근시켰다. 위험하다고 생각하는 부모들은 나라는 불안 요소로부터 자신의 아이를 떨어뜨렸다.

그런 일그러진 관계는 당시 아이였던 나조차 알 수 있을 정도였고, 아이들 간의 관계에도 악영향을 미쳤다. 나는 점점 더 다른 아이들과 거리를 두게 되었다. 깨닫고 보니 어느새 혼자서 책을 읽으며 하루를 보내게 되었다.

책을 읽는 것은 좋아했고, 새롭게 마법을 익히는 것도 즐거웠다. 하지만 타인에게 아무것도 기대하지 않느냐는 질문을 받는다면, 사실 그렇게까지 모든 것을 달관한 것은 아니었다.

유일하게 마리아만은 나와 대화를 나눌 수 있는 상대였지만, 마리아는 나와 반대로 다른 사람에게 아무것도 기대하지 않았기 때문에 사람들과의 관계를 잘 구축할 수 있었다. 참 아이러니한 일이었다.

※ ※ ※

15살이 된 나는 여전히 주위와 제대로 된 관계를 맺을 수 없었다. 그래서 자연스럽게 학문이나 마법 습득에 전념하게 되었고, 마법사로서의 실력은 상당히 높아졌다.

아버지도 '자신을 넘어섰다'면서 기뻐하셨고, 이제 나에게 마법을 알려줄 수 있는 자는 이 세계에도 손에 꼽을 정도밖에 남지 않게 되었다.

그래서 학교에 갈 필요는 전혀 없었다. 앞으로도 혼자서 마법을 연구해 나가면 된다고 생각했다.

하지만 그 희망은 실현되지 않았다. 상급 귀족인 팔룸 학원의 이사장이 하급 귀족인 아버지를 압박해 나를 학원에 입학시키고자 했다. 솔론 바클레이가 재적하고 있다는 간판을 자신의 학원에 내걸기 위함이었다. 아버지는 그것에 저항하려 했지만 나는 그것을 받아들였다. 아버지가 무리를 하게 만들고 싶지 않았다.

학원 생활은 상상했던 그대로였다. 수업 내용은 나에게 아무 필요가 없었고 학원의 장서도 한 달 만에 모두 읽었다. 다른 학생들은 나를 색안경을 끼고 바라보았다.

다시 말해 할 일이 아무것도 없었다는 뜻이지만, 입학한 이상 학원에 가지 않을 수도 없었다. 그 결과 학원과 타협을 봐서 일주일에 한 번 학원에 얼굴을 비추게 되었다.

점점 더 주위에서 붕 뜬 존재가 되었지만, 일주일에 한 번만 가더라고 학원 안의 상황은 대체로 파악할 수 있었다.

딱 한 명 눈에 걸리는 녀석이 있었다. 아레스 슈미트. 진심으로 용사를 목표로 삼은 서민 출신의 남자였다. 용사를 육성하는 것이 이 학원의 목적이지만, 그것은 이제 허울만 남아 진심으로 용사를 목표로 하고 있는 사람은 거의 없었다. 검성으로 유명한 백작가 레온 뮬러가 유일한 예외였지만, 그 경우는 목표로 하고 있다기보단 주위에서 그렇게 인정하고 있다고 말하는 편이 옳았다. 물론 레온 본인이 어떻게 생각하고 있는지는 모르겠지만.

그런 와중, 아레스는 뻔뻔하게도 용사를 목표로 하고 있다고 공언하고는 레온을 라이벌로 삼아 검 단련에 힘쓰고 있었다. 아마 마리아에게도 회복 마법 지도를 받고 있을 것이다. 물론 마리아가 얼마나 진지하게 상대해 주고 있는지는 모르겠지만.

'바보 같은 놈.'

귀족들만 있는 팔룸 학원에 서민이 들어오는 것도 어리석은 일이었고, 요즘 시대에 이루지도 못할 이상을 내세우는 것은 부끄러운 일이다.

그조차 이해하지 못하고 이 학원에 들어왔다고 하면, 그건 천하의 명청이라는 뜻이겠지.

※ ※ ※

일 년의 중반이 지났을 무렵, 그 바보가 내 앞길을 가로막았다.

"솔론 바클레이, 나에게 마법을 알려줘."

나는 즉시 거절했다. 소용이 없었기 때문이다. 마법사로서의 재능은 대부분의 경우 타고난다. 이 남자에게는 그 소질이 전혀 없었다. 어떻게 해 볼 방법 자체가 없는 것이다.

게다가 나더러 '친구도 없는 것 같고'라는 말을 지껄였다. 이 말에는 살의가 치솟았다. 저도 모르게 학원 안에서 마법을 써버릴 정도로.

네까짓 게 내 뭘 안다고?

타인과의 적정 거리도 고려하지 않고 서슴없이 안으로 침입하려 하다니 한심한 놈이 따로 없다.

※　※　※

일주일이 지나고 다시 학원에 가자 아레스는 또다시 말을 걸어왔다. 용건은 똑같았다. 마법을 알려달란다. 떠올릴 수 있는 온갖 악담을 퍼부으며 나는 녀석을 내쫓아버렸다.

하지만 아레스는 내가 학원에 갈 때마다 마법을 알려달라며 말을 걸어왔다. 끈질긴 놈이다. 이 정도로 내게 따라붙은 녀석은 태어나서 처음이 아닐까.

대부분은 나의 고약한 성격에 질려서 금세 나가떨어지곤 했다.

그렇게 한 달이 지났을 무렵, 나는 학원에서 교과서로 건네받은 마술서 다섯 권을 집에 넣어 들고 갔다. 내용은 모두 기억하고 있으니 나에게는 필요 없는 것이었다.

학원에 가니 언제나처럼 아레스가 나에게 다가왔다. 여전히 아무리 뿌리쳐도 끈질기게 달라붙는 개 같은 얼굴을 하고 있었다.

결국 항복했다. 이 녀석에게는 아무런 속셈도 없다. 정말 용사가 되기 위해 순수하게 마법을 배우고 싶어하는 것이었다. 내가 말하는 것도 그렇지만, 나 못지 않게 여러모로 서투른 녀석이었다.

그래서 가져온 다섯 권의 마술서를 건네주었다. 이 내용들을 일주일 만에 외울 수 있다면 마법을 가르쳐 주겠다고 약속했다.

다섯 권의 마술서는 마법사반에서 1년에 걸쳐 외워야 하는 내용으로 구성되어 있었다. 마술 초보자가 일주일 만에 외우는 것은 꽤 어렵다. 거의 불가능하다.

하지만 어쩐지 아레스라면 할 수 있지 않을까 하는 생각도 들었다. 할 수 없다면 그래도 상관없었다. 내 안에 싹튼 약간의 기대가 틀렸다는 것에 지나지 않을 테니까.

마술서를 건네준 뒤, 나는 완전히 재능 없는 인간에게 어떻게 마법을 알려줘야 하나 고민했다. 아마 쓸데없는 사색이겠지. 하지만 그것은 의외로 재미있었다. 되돌아보면, 가족 이외의 누군가를 위해 무엇인가를 하려고 생각한 적은 이때가 처음이었다.

※ ※ ※

일주일이 지나 다시 학원에 가자 아레스가 나에게 달려왔다.

"외워왔어!"

얼굴을 보면 거짓이 아니라는 것 정도는 알 수 있었다.

'아아, 그래. 이 녀석은 그걸 해낸 건가.'

스스로도 의외일 정도로 그 사실이 놀랍지 않았다. 논리적으로 생각하면 꽤 어려운 일을 해낸 셈이었는데, 나는 상상 이상으로 이 녀석에게 기대하고 있었던 모양이다. 그 기대에는 아무런 이유도 없었다. 그저 그랬으면 하는 바람 같은 것이었다.

다만 그 소망에 아레스가 부응해 주었다는 사실이, 묘하게 기뻤다.

곧바로 사전에 점 찍어뒀던 빈 교실에서 아레스에게 마법을 쓰게 해보았다. 당연히 아무런 반응도 없었다. 주문을 외운다고 해서 누구나 다 마법사가 될 수 있는 것은 아니다. 중요한 것은 이후 어느 단계에서 개인차가 나오는지 검증하는 것이다.

주문을 제대로 외우고 있는지, 주문의 이미지에 오차는 없는지, 세계의 이치인 마나는 술자의 무엇에 반응하고 어떻게 움직이는지 등등 확인해야 할 것은 수없이 많았다.

지금까지 그것들은 재능이라는 말 한마디로 귀결됐다. 할 수 있는 사람은 할 수 있고, 할 수 없는 사람은 할 수 없다, 그렇게 끝나버린 것이다.

나도 똑같이 생각해 왔다. 하지만 그 근본적인 부분을 풀어낼 수 있다면 마법을 더 발전시킬 수 있을지도 모른다.

그 후 학원에 간 날은 아레스의 마법의 특훈을 돕게 되었고, 집에 있는 날에도 마법의 기초적인 연구에 시간을 들이게 되었다.

어느 날 아버지가 이렇게 말했다.

"요즘은 학원에 가는 게 재미있어 보이는구나."

곧바로 부인하려다가 어쩐지 말문이 막혔다. 그래서 그 대신,

"뭐, 나쁘진 않아."

라고 말해버렸다.

"그렇군. 학원에서만 배울 수 있는 것도 있는 법이지. 네게 좋은 경험이 된 것 같아 다행이구나."

아버지는 기뻐했다. 나를 학원에 보낸 것을 미안하게 여기고 있었을 것이고, 어쩌면 내 인간관계도 걱정하고 있었을지 모른다.

※ ※ ※

아레스는 1년 반 넘게 마법 훈련을 계속했지만, 결국 아무런 성과도 얻지 못한 채 3학년이 되고 말았다.

하지만 내 쪽은 마술의 토대 부분에 관한 분석이 진행되어 마법을 사용할 때의 효율화를 높일 수 있게 되었다. 내 고찰에 의하면 마법은 누구나 사용할 수 있지만, 마나에 관한 친화성이 태생에 따라 다르니 재능이 없는 자는 그 부분을 늘릴 필요가 있었다. 하지만 얼마나 훈련해야 쓸 수 있게 될지는 알 수 없었다. 지금 처음 실험하는 것이나 다름없었기 때문이다. 어쩌면 평생을 들여도 쓰지 못하게 될 가능성마저 있었다.

나는 그 사실을 아레스에게 전했지만, 아레스는 웃으며 답했다.

"가능성이 조금이라도 있다면 나는 거기에 걸어볼래."

정말 쓸데없는 짓을 좋아하는 녀석이라니까. 나는 쓸데없는 짓은 싫어한다. 아니, 싫어했다.

쓸데없는 짓이라며 비웃는 것은 쉽지만, 헛수고가 될지도 모른다는 두려움과 싸우면서도 앞으로 나아가는 것이 옳다고 생각하게 되었다.

그리고 어느 날, 아레스의 손끝에 아주 희미한 빛이 켜졌다. 불면 꺼질 정도의 희미한 불이었다.

하지만 불의 주문이 그토록 아름답게 느껴졌던 것은 태어나서 처음이었다.

나에게는 그것이 인류의 희망의 등불처럼 보였다.

누가 용사를 죽였는가

아레스의 장

그 마을은 크지도 작지도 않은, 산간에 흔히 널린 마을 중 하나였다.

왕도에서 한참 떨어져 있어 말을 타고 달려가도 열흘은 걸린다. 그곳에서 사람들은 밭을 일구며 목가적으로 살고 있었다.

탈리즈 마을. 용사를 배출하며 유명해진 마을이었다.

"아레스를 아냐고? 당연하지! 나는 그 녀석 친구였어!"

아레스가 살아 있었다면 그와 또래였을 인간을 찾아 아레스에 대해 물었다.

"아레스는 어렸을 때부터 뭐든 다 잘했어. 힘도 있었고, 발도 빨랐고, 공부도 잘했어. 얼굴도 잘생겨서 또래 여자애들은 다들 그 녀석을 좋아했지."

질문이 익숙한 것인지 대화에 익숙한 것인지, 그 남자는 아레스에 대해 술술 말하기 시작했다.

"아무튼 정말 굉장했지. 검을 들었다 하면 순식간에 어른보다 더 능숙해졌고, 교회 신부님께 가르침을 받아 회복 마법도 쓸 수 있게 됐어. 그게 다가 아니야. 촌장님 집에 있던 낡고 오래된 마술책을 읽고 마법까지 쓸 수 있게 됐단 말야. 말해 두겠는데 나는 물론이고 촌장님조차 그 책에 무슨 말이 적혀 있는지 알지 못했다고. 그런 책은 특수한 글씨로 적혀 있잖아? 그 녀석은 그걸 공부해서 그 특수한 글자를 읽을 수 있게 된 거야. 그게 용사가 아니면 뭐겠어!"

　──용사는 이 마을에 있을 때 이미 검도 마법도 신의 기적도 사용했다는 말인가?

　"그렇다니까. 너도 알고 있겠지? 용사 아레스는 검도 마법도 회복 마법도 모두 사용할 수 있었던 걸로 유명하잖아. 그런 특별한 인간이니까 용사가 된 거 아니야?"

　──그런 특별한 인간이 왜 팔룸 학원에 일부러 입학했나?

　"그야…… 용사로 인정받기 위해서는 거기에 들어가야 하니까 그런 게 아닐까? 아니면 동료를 찾으러 갔나? 난 잘 모르겠지만. 아마 점쟁이가 왕도로 가라고 한 게 아닐까?"

　──점쟁이? 예언자 말인가?

　"맞아, 그 사람. 어느 날 갑자기 마을에 나타나서는 '이 마을에서 세상을 구할 용사가 나타난다'고 말했지. 다들 그때 이미 짐작했어. 아, 이건 아레스를 말하는 게 분명하다, 라고 말야. 역시 그 녀석은 특별한 인간이었던 거야."

　예언자는 세계가 위기에 빠져 있을 때 등장하여 신탁을 내린다고 알려진 인물이다. 아니, 활동 기간이 천 년이 넘으니 사람인지 아닌지는 알 수 없다. 동일인이 아닐 가능성을 지적하는 이들도 있다.

　──아레스와 예언자는 직접 만났나?

　"글쎄? 그 점쟁이는 금방 사라졌으니까. 뭐랄까, 이상한 사람

같기도 하고 위엄있는 사람 같기도 하고. 뭐, 아무튼 신기한 사람이었어."

　──그 예언을 듣고 아레스는 왕도로 떠난 건가?

"맞아, 맞아. 그런 거지. 역시 아레스는 굉장하구나 싶었어."

　──굉장하다?

"그야 지금은 평화로워졌지만, 그 당시엔 마물이 날뛰던 시절이라 왕도까지 가는 길은 위험했거든. 그 바람에 교역도 자주 끊기고, 마을도 아주 힘들었다고 부모님이 늘 말씀하셨으니까."

　──그 위험한 길을 열네 살짜리 소년이 혼자 간 건가?

"그렇지. 뭐, 어른이 함께 가봤자 걸림돌만 될 거라 생각한 거 아닐까? 하지만 결국 그 녀석은 혼자서 도달했어. 역시 대단한 녀석이야."

나는 그 투박한 마을 사람과 헤어져 아레스의 생가로 향했다. 현 촌장의 집이다. 아레스는 현 촌장의 아들로, 여행을 떠났을 당시 촌장의 손자였다.

"일부러 이런 곳까지 방문해 주셔서 감사합니다. 아들, 아레스에 관해 물어보고 싶은 것이 있으시다고요."

편지로 미리 만날 약속을 잡은 탓인지 촌장의 부인인 아레스의 어머니 셰라는 나를 따뜻하게 맞아 주었다. 부인은 쉰 언저리로 보였는데, 여전히 기품 넘치는 모습은 미인이었을 과거의 모습을 자연스레 연상시켰다.

──아레스는 어떤 아이였나?

"무척 야무진 아이였어요. 어렸을 때부터 영리하고 손도 많이 안 가는 아이였죠. 집안일도 적극적으로 도와주었고요. 정말로······ 착한 아이였어요."

세라는 그리움이 담긴 얼굴로 천천히 말했다.

　──뭐든 다 잘했다는 평이 있던데?

"뭐든 다 잘했다기보단 재주가 좋은 아이였죠. 하지만 모두가 말하는 만큼 뛰어난 아이라고 생각하진 않았어요. 물론 검도 그럭저럭 잘 다뤘고, 미미한 신의 기적도 일으킬 수 있었고, 마법도 쓸 수 있었지만, 그렇게 높은 수준은 아니었거든요. 이곳이 작은 마을이라 눈에 띄긴 했지만 좀 더 사람이 많은 곳에 가면 '좀 특이한 일을 하는 우수한 아이'라는 평가를 듣는 정도였겠죠."

　──혹시 당신은 이 마을 출신이 아닌가?

"네, 잘 알아보셨네요. 저는 왕도 출신이라 이 마을 출신은 아니에요. 공부하러 왕도에 와 있던 남편을 학교에서 알게 되었고, 결혼해서 이 마을에 오게 됐어요. 사실 남편도 저도 왕도의 학교에서는 공부도 운동도 잘하는 우등생이었기 때문에 그 아이가 특별하게 느껴지지는 않았어요. 이 일은 거의 말한 적은 없지만요."

소소한 자랑담이죠, 라고 말하며 세라는 미소 지었다.

　──하지만 아레스는 용사로 뽑혔다.

"신기했어요. 자랑스러운 아들이긴 했지만, 그 정도의 아이는 아니었거든요. 마을 사람들은 '예언은 아레스를 말하는 것이 틀림없다'라며 단언했지만 저도 남편도 쉽게 믿을 수 없었어요."

──예언을 믿지 않았나?

"……그런 셈이죠. 그렇다기보단 아레스를 말하는 거라고는 생각하지 않았던 거예요. 게다가 대체 누가 자신의 아이를 마왕과 싸우게 하고 싶겠어요? 그런 위험한 일을 해 주길 바라는 부모는 없을 거예요. 믿지 않는다기보단 믿고 싶지 않았던 걸지도 모르겠네요. 가능하다면 다른 사람이 용사를 해 주길 바랐어요."

──그럼에도 용사로 내보냈나?

"당시 촌장이셨던 아버님께서 그걸 원하셨거든요. 물론 마을 사람들도요. 자신들의 마을에서 용사가 나왔다면서 기뻐했어요. 그때는 마왕의 출현으로 세계가 답답한 분위기에 휩싸여 있었던 때였거든요. 그건 저희 마을도 예외는 아니었죠. 그곳에 내려온 용사의 출현에 온 마을이 환호했습니다. 도저히 아니라며 부정할 수가 없었어요. 그래서 적어도 좀 더 힘을 기르고 함께 여행할 동료를 찾으라는 의미에서 팔룸 학원에 보내게 됐죠."

──팔룸 학원에 들어간 것은 당신의 의지였나?

"저와 남편의 의지였습니다. 팔룸 학원이 용사들을 육성하는 기관이라는 걸 알고 있었거든요. 다만 보통은 귀족만 들어가는 학교라는 사실도 알고 있었기 때문에 무리해서 들어갈 필요는 없다는 말도 했었죠. 힘을 기르고 동료를 찾는 것이 목적이니 그 목적만 달성할 수 있다면 어디든 상관없다고 생각했으니까요. 그 아이는 유연하게 생각할 줄 아는 아이라 그렇게만 말해 두면 알아서 잘할 거라고 생각했는데, 결국에는 팔룸 학원에 들어가기로 결정한 것 같더라고요."

　──아레스 자신이 용사로 뽑힌 것에 대해 어떻게 생각했나?

　"그 아이는 총명한 아이라 마을의 분위기를 읽고 모두가 원하는 대로 행동했어요. 하지만 속으로는 불안했을 거예요. 자신이 그렇게까지 뛰어난 사람이 아니라는 건 그 아이가 가장 잘 알고 있었을 테니까요. 어느 날 밤에 문득 눈을 떴을 때, 밖에서 묵묵히 검을 휘두르던 그 아이의 모습을 본 적이 있어요. 불안함에 도저히 잠이 오지 않아서 그런 걸 하고 있었던 거예요."

　──하지만 마왕을 쓰러뜨렸다.

　"……그리고, 그 아이도 죽었죠. 세계가 구원받았으니 기뻐해야 마땅할 일이지만, 저도 남편도 차마 기뻐할 수 없었어요. 왜 그 아이가 죽어야만 했을까? 지금도 그런 생각을 해요. 우수한 사람이라면 그 밖에도 얼마든지 많았을 텐데, 하필이면 왜 그 아이가……."

　세라는 뺨을 타고 흐르는 눈물을 닦았다.

　그녀에게서 시선을 돌려 방을 둘러보니 검이 장식되어 있는 것이 눈에 들어왔다. 깨끗하긴 하지만 마모가 심했다.

　──저것은?

　"그 아이의 검이에요. 검만 돌아왔죠. 저 검은 저희 집안에서 대대로 전해지던 물건이에요. 그 내력은 알 수 없지만 마지막 순간까지 그 아이와 함께 싸워 주었죠. 분명 좋은 물건이었을 거예요. 저 검만이라도 돌아와 줬다는 사실이 유일한 구원이었죠. 유품이라고는 저것뿐이었으니까요."

　──용사의 동료가 저 검을 가져왔나?

"아레스의 동료였던 사람들과 만난 적은 없어요. 가져다준 건 자크예요."

──자크?

"그 아이와 동갑인 사촌이죠. 형님의 아들인데, 부모가 둘 다 모험가였어요. 아버지 쪽은 마리카국 출신으로, 마리카국이 마왕의 침략을 받았을 때 부부가 함께 돕기 위해 떠났다가 그 싸움에서 목숨을 잃었죠. 자크는 두 사람이 떠나기 전에 저희에게 맡겨진 아이예요."

──어떻게 자크가 검을 가져올 수 있었나?

"그 아이와 함께 왕도에 갔으니까요. 그래서 그 아이가 죽은 후, 저쪽에서 인편으로 그 검을 받았다고 했습니다. 그래서 이 마을에 갖다 준 거예요."

──마을 사람들은 아레스 혼자 떠났다고 하던데?

"짐도 많아서 아무래도 혼자 보낼 수는 없었어요. 게다가 그 두 사람은 함께 자라와서 정말로 사이가 좋았거든요. 자크가 함께 있어 준 덕분에 아레스도 안심하고 떠날 수 있었던 거라 생각해요.

마을 사람들은 아레스의 공적을 과장해서 말하길 좋아해서 자크에 대해서는 말하지 않죠. ……어쩌면 정말 잊어버린 걸지도 모르겠네요. 거의 눈에 띄지 않는 아이였거든요."

──자크는 지금 어디에 있나?

"이곳에 돌아오자마자 바로 여행을 떠나겠다고 하더니, 그게 끝이었어요. 저는 이 마을에서 사는 게 어떠냐고 권했지만 완강히 거절하더군요. '죄송해요, 아레스를 죽게 해서 죄송해요'라면서. 그 애가 사과할 건 아무것도 없는데…….”

　——자크는 아레스와 함께 여행을 했나?

　“어디까지나 왕도까지 동행할 목적으로 갔던 거예요. 그 아이는 평범한 아이였기에 그 후 마왕과 싸우는 여행에는 갈 수 없었죠. 뭐든지 정말 열심히 하는 아이였지만, 어느 쪽인가 하면 재주는 없는 편이었어요. 하지만 정말 착한 아이였답니다. 아레스가 이런저런 것들을 배울 수 있었던 것도 다 자크가 있어 준 덕분이라고 생각해요. 아레스가 뭔가를 시작하면 자크는 거기에 끝까지 어울려 줬거든요. 그거 아시나요? 혼자서 무언가를 계속 배우기란 무척 힘들어요. 함께 해 줄 아이가 있어서 그 애도 계속할 수 있었던 거예요.”

　——세상에 널리 퍼져 있는 용사의 그림에 대해 어떻게 생각하나?

　“그 아이와 무척 닮았어요. 저희도 큰 그림을 하나 사서 장식해 뒀고요.”

　둘러보니 이 집에서 눈에 띄는 장소에 용사의 모습을 그린 큰 그림이 장식되어 있었다.

　——아레스와 자크는 비슷한가?

　“사촌 형제라 그런지 많이 닮았죠. 하지만 아레스가 눈이 좀 더 크고 코가 높았어요. 사소한 차이지만 그것만으로도 인상이 상당히 달라지죠. 아레스는 외모에 대한 칭찬을 자주 들었지만 자크는 특징이 없는 아이라는 말을 많이 들었답니다. 정말 사소한 차이일 뿐인데 참 신기하죠?”

"자크가 같이 와 줘서 다행이야."

마을을 떠나 한참을 걸어왔을 때, 아레스가 불쑥 그런 말을 했다.

"하지만 정말 나로 괜찮아? 제대로 된 어른이 더 낫지 않았을까?"

나는 속으로 계속 생각하던 말을 꺼냈다. 14세 소년 둘이서 왕도로 향하는 것은 조금 무모하지 않을까 계속 생각한 것이다.

아레스를 왕도로 보내면서 마을에서는 누군가 한 사람을 동행인으로 붙이자는 이야기가 나왔다. 처음에는 마을 사람 중 독신인 젊은 남자 몇 명이 후보로 올랐지만, 아레스가 선택한 것은 나였다.

하지만 이상하게도 그 결정에 아무도 이의를 제기하지 않았다.

"친하지 않은 어른이 같이 와봤자 오히려 지내기 더 힘들었을 거야. 게다가 날 용사라고 치켜세우면서 마물과 싸우게 만들려는 주제에, 정작 본인은 위험을 무릅쓸 생각이 없는 사람들뿐이니까."

아레스가 평소엔 말하지 않는, 마을 사람들에 대한 비난을 쏟아냈다. 그 말을 듣고 나는 크게 놀랐다.

확실히 아레스의 여행에 동행할 후보로 거론된 마을 사람 중에서는 자신이 선택되지 않은 것을 대놓고 기뻐하던 사람도 있었다. 위험한 여행이 될 것임을 알고 있었기 때문이다.

타인에 대해 안 좋은 이야기를 쉽게 하지 않는 아레스조차 속으로는 마을 사람들의 태도를 못마땅하게 느낀 것 같았다.

"뭐, 마물은 강하니까. 우리 부모님도 살해당하셨고, 누가 싸우고 싶겠어."

우리 부모님은 두 분 다 모험가다. 마물과 싸우는 것을 생업으로 삼고 계셨지만, 마왕군과의 큰 싸움 중에 목숨을 잃고 말았다.

"하지만 용사가 되면 그 마물과 싸워야 해. 심지어 마왕까지 쓰러뜨려야 한다고. 용사란 대체 뭐지? 나는 용사 같은 건 되고 싶지 않았어. 하지만 내가 하지 않으면 세상이 멸망한다잖아. 정말 잔인한 이야기야."

아레스는 메마른 미소를 지었다.

"……밤에 일어나면 가끔씩 어머니가 우시는 모습을 볼 때가 있었어. 사실은 용사 따위는 되지 않기를 바라셨을 거야."

그것은 나도 알고 있었다. 나의 양부모님이기도 한 아레스의 부모님은 예언자가 남긴 예언의 신빙성을 의심했다. 되도록이면 아레스가 용사가 되지 않았으면 좋겠다는 마음을 품고 있었을 것이다.

하지만 촌장인 아레스의 할아버지가 크게 기뻐하며 아레스를 칭송했고, 마을 사람 대부분도 아레스를 용사로 추대했다.

"괜찮아! 아레스라면 해낼 수 있어! 검도 마법도 신의 기적도 쓸 수 있잖아! 마물도 몇 마리나 쓰러뜨렸고. 왕도에서도 그런 녀석은 없을 거야!"

조금 과장해서 밝은 목소리를 냈다.

"글쎄? 탈리즈 마을에는 전문직 전사나 마법사가 없어. 다시 말해 초보자들뿐이지. 그 사이에서 가장 강하다고 해도 실제로는 어떤지 난 잘 모르겠어."

"아레스……."

아레스의 말을 듣고 정말 놀랐다. 계속 함께 있었음에도 그가 그런 생각을 하고 있었다는 사실은 몰랐던 것이다.

"아아, 미안해. 마을을 떠나서 그런지 그만 속에 있던 말이 나와버렸네. 용사로서 힘내기로 마음먹었는데, 잠깐 마음이 약해졌었나 봐."

이후 아레스는 약한 소리를 하지 않게 되었다. 하지만 나는 이 대화가 계속 마음에 남았다.

※ ※ ※

여정은 순조로웠다. 도중에 들른 마을들에서 아레스는 어른처럼 능숙하게 협상을 하더니 얼마 안 되는 돈과 맞바꿔 물과 식량을 손에 넣었다.

마물과 조우해도 최대한 싸움을 피했고, 어떻게 해도 피할 수 없을 때에만 싸웠다.

싸울 때도 나의 안전을 확보한 다음 냉정하게, 그리고 착실하게 싸움을 진행했다. 공격 마법과 회복 마법을 정확하게 사용해 칼로 숨통을 끊는 그 모습은 역시 용사로밖에 보이지 않았다.

지금은 울창한 숲을 빠져나가는 통행로를 걷고 있었다.

하늘은 푸르고 맑았지만 길 양 끝에 있는 나무들이 크게 뻗어나와 하늘을 가로막고 있었다. 알 수 없는 불안감이 들었다.

원래 이곳은 왕도로 이어지는 길이라 사람의 왕래가 활발했지만, 마왕의 출현 이후 마물이 출몰하는 숲이 되어버려 인적은 전혀 없었다. 실제로 반나절을 걸었음에도 누구와도 마주치지 않았다.

그런 반면 마물의 수는 많았다. 이미 몇 번이나 조우했는데 아레스가 모두를 다 쓰러뜨렸다.

"대단하다. 아레스 혼자라도 충분히 할 수 있지 않았을까?"

나도 일단 호신 목적으로 검을 들었지만, 사용할 기회는 전혀 없었다. 여행 도중에 아레스의 연습 상대를 해 주는 정도였다.

"자크도 날 너무 치켜세운다니까. 뭔가를 혼자 계속하는 건 힘든 일이야. 네가 있어 주니까 앞으로 나갈 수 있는 거지. 검을 배웠을 때도, 마법을 공부했을 때도, 회복 마법을 배웠을 때도 그래. 처음에는 다른 무리들과 함께 시작했지만, 잘 안 된다는 걸 알고 나면 한 명 한 명 빠져나가. 그리고 마지막에 남는 건 늘 너와 나뿐이었지."

"마법도 신의 기적도 배우진 못했지만 말야."

나는 웃으며 대답했다.

"그건 아쉽지만, 넌 끝까지 내 옆에 있어 줬어. 충분히 대단해. 안 되는 일을 계속한다는 건 정말 어려운 일이야. 나는 여러 가지 일을 재주 좋게 해냈기 때문에 그나마 다행이었지만, 만약 조금이라도 잘 풀리지 않았다면 어떻게 됐을진 몰라. 다른 사람들과 똑같이 도중에 멈춰버렸을지도 모르지."

"아레스가 잘하지 못한다는 건 상상이 안 가. 하지만 나도 뭔가 하나쯤은 배우고 싶었는데."

그것은 진심이었다. 적어도 뭔가 하나쯤은 동갑인 사촌을 따라 잡고 싶어서 필사적으로 노력했지만, 늘 잘 되진 않았다.

"나도 잘하지 못하는 것 정도는……."

거기까지 말하고, 아레스는 멈춰 섰다. 나도 뭔가를 알아차리고 멈춰서서 주위의 상황을 살폈다.

지나치게 조용하다. 숲에 있는 동물들의 울음소리조차 들리지 않았다.

"이런, 눈치챘나. 확실히 용사라는 말을 들을 정도의 실력은 되나 보군."

스르륵, 앞쪽의 큰 나무 그늘에서 누군가가 나타났다. 사람……같았지만, 보라색 피부에 울퉁불퉁한 육체, 사람의 배는 되어 보이는 귀, 그리고 새빨간 눈동자.

"도망가! 마인이다!"

아레스가 소리쳤다. 그 말을 듣고 나는 바로 곧장 달리기 시작했다.

마인. 마왕의 권속인 이들은 사람에 가까운 모습을 하고 있지만 힘도 마력도 사람보다 압도적으로 강했다.

내가 바로 도망친 것은 마인에 대한 공포도 있었지만, 아레스의 걸림돌이 되고 싶지 않다는 마음에서였다.

곧 검과 검이 서로 부딪치는 소리가 들렸다. 아레스가 마인과 싸우기 시작한 것이다.

나는 숲속으로 뛰어들어 충분히 거리를 벌린 뒤 나무 그늘에서 그 싸움을 지켜보았다.

마인은 본 적도 없는 거대한 대검을 두 손으로 휘둘렀다. 그것도 열풍과 같은 기세로.

"후훗, 예언자에 의해 용사가 발견됐다고 들었는데 그래 봐야 아직 꼬맹이잖아. 성장하기 전에 죽여버리면 그만이지."

여유 있는 마인의 공격에 아레스는 방어로 일관했다.

맞으면 상처를 넘어서서 죽을 수도 있는 공격을 아레스는 냉정하게 피하고, 피할 수 없는 것은 검으로 받아넘겼다.

아레스는 계속 버텼고, 그 상태로 시간은 서서히 흘러갔다.

처음에는 여유를 보이던 마인도 공격을 하지 않는 아레스의 모습에 드디어 귀찮아진 것 같았다.

"방어만은 훌륭하구나. 하지만 마법은 어떨까?"

쉽게 공격이 닿지 않는 것에 초조해진 마인이 검으로 하는 공격을 멈추고 왼손을 앞으로 내밀어 마법을 발동시키려 했다.

그 순간을 아레스는 놓치지 않았다.

"핫!"

그동안 모아둔 힘을 쏟아내듯 화살 같은 기세로 앞으로 뻗어 나가 마인의 손에 날렵한 참격을 가했다.

마인의 손가락 몇 개가 공중에 흩날렸다.

"끄아아아악!! 이 애송이가!"

상처를 입은 마인이 곧바로 대검을 두 손으로 잡아들고 아레스에게 반격을 시도했다.

하지만 조금 전까지 보이던 검의 기세는 없었다.

'손가락을 잃어서 제대로 검을 못 잡고 있는 거야!'

아레스는 이 순간을 노리고 있었던 걸까? 만약 그랬다면 정말 굉장해!

그 후 상황이 일변하여 아레스가 공세에 나섰고, 마인은 방어하기 급급했다.

아레스는 결코 큰 공격을 가하려 하지 않았다. 상대의 틈을 노려 미세한 대미지를 쌓아나갔다.

"큭, 감히!"

자잘한 상처가 무수히 생겨난 마인은 한눈에 보기에도 서서히 약해지기 시작했다.

승리가 바로 코앞이었지만, 그럼에도 아레스는 착실하게 싸움을 이어갔다.

그리고 날카로운 아레스의 일격에 맞아버린 마인은 마침내 검을 떨어뜨리고 말았다.

챙그랑 소리를 내며 땅에 떨어지는 마인의 검.

이 기회를 놓치지 않고 아레스는 마인의 목덜미를 향해 검을 휘둘렀다.

하지만 마인은 그 일격을 아무것도 들지 않은 왼손으로 막았다. 칼날이 팔을 파고들었지만, 완전히 가르는 데 성공하진 못했다.

오히려 마인이 팔의 근육을 부풀려 검을 잡아챈 것처럼 보였다.

"안 빠져?!"

이 싸움에서 처음으로 아레스가 목소리를 높였다.

"왼손은 내주마."

마인은 피식 웃더니 오른손에 거대한 손톱을 만들어 아레스에게 휘둘렀다.

아레스는 검을 손에서 떨어뜨리고 공격을 피하려 했지만 배를 살짝 베었다.

공격에 더욱 박차를 가하는 마인의 모습에 아레스가 주문을 시전했다.

"바람이여!"

바람 마법을 마인의 눈을 향해 날렸다.

"칫!"

마법은 회피해 버렸지만, 그 사이 아레스는 뒤로 물러나 간격을 벌릴 수 있었다.

마인은 왼손을 파고들던 검을 뽑아 숲속에 내팽개쳤다. 왼손은 축 늘어져 있다. 저 상태로는 만족스럽게 움직일 수 없을 것이다.

아레스가 알 수 없는 말을 중얼거렸다. 아마도 마법을 시전하려는 것 같았다. 그러나 아레스가 알고 있는 마법은 기본적인 것들뿐이라 그 어떤 것도 마인에게 통할 것 같지 않았다.

'위험해!'

그렇게 생각한 나는 숲속에서 아레스 쪽으로 달려갔다. 손에는 자신의 검을 든 채로.

마인이 움직이기 시작했다. 아레스는 적을 충분히 유인한 뒤 불의 주문을 날렸다.

불은 마인의 머리를 감싸듯 달라붙었지만 마인은 조금도 개의치 않고 돌진했다.

아레스는 가까스로 피했지만 움직임이 둔했다. 아까 복부에 난 상처가 덧난 걸까?

"아레스, 받아!"

나는 아레스를 향해 내 검을 던졌다.

마인이 오른손 손톱을 치켜들었다.

빙글빙글 회전하는 검을 아레스는 재주 좋게 받아들더니 손톱을 휘두르는 마인의 품으로 뛰어들어 푸욱, 그 배에 칼을 꽂았다.

"해냈다!"

나도 모르게 소리를 질렀다.

하지만.

"……목숨도 내주마…… 하지만, 너도 길동무다…….."

마인은 검에 꿰뚫린 상태로, 입안에서 엿보이는 커다란 송곳니로 아레스의 목덜미를 물어뜯었다.

아레스의 목에서 거세게 피가 뿜어져 나왔다.

"아레스!!"

나의 절규가 숲속에 울려 퍼졌다.

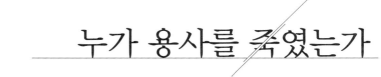
누가 용사를 죽였는가

  자크는 내가 여섯 살 때 우리 집에 왔다. 아버지의 여동생이 자크의 어머니였기에 그 녀석은 나의 사촌 형제에 해당했다. 나이도 똑같고 키도 비슷해서 나는 좋은 놀이 상대가 생겼다며 기뻐했다.

  자크의 부모님은 모험가를 하고 있어 그런지 체격이 아주 좋았다.

  자크의 아버지는 전사다. 평범한 마을 사람들과는 달리 얼굴은 늠름했고, 몸에는 불필요한 군살도 없고 근육도 굉장했다. 내 부탁에 몇 번인가 검을 휘두르는 모습을 보여주셨는데, 사람이 이렇게 아름답게 움직일 수 있구나, 하고 감동했다. 혹시 이 사람은 세계에서 가장 강한 전사가 아닐까 생각했다.

  자크의 어머니는 마법사였다. 무척 영리해서 독학으로 마법을 배웠다고 했다. 우리 집에는 그때의 책이나 마도서가 남아 있었는데, 얼마나 많이 읽었는지 너덜너덜했다. 한 번 마법을 보여주신 적이 있는데, 하늘로 쏘아 올린 그 마법은 너무나도 아름다웠다.

  하지만 자크는 '정말 이 두 사람의 아이인가?'라는 생각이 들 정도로 평범했다. 오히려 둔할 정도였다. 다만 잘하지도 못하면서 놀이든 뭐가 됐든 내가 잘하지 못하는 것을 할 수 있게 될 때까지 묵묵히 함께 해 주는 이상한 점이 있었다.

그에 관해 자크에게 물었더니 이런 말을 들었다.

"할 수 있을 때까지 하는 게 우리 집 가훈이래."

하지만 노는 와중에 그런 짓을 시작하면 귀찮아질 것 같아 나는 적당한 타이밍에 자크를 멈추게 했다.

자크의 부모님은 일주일 정도 집에 머무른 뒤 마왕군과 싸우기 위해 떠나게 되었다.

들어보니 마리카국이 마왕군의 침략을 받아 큰 싸움이 벌어졌으니, 그곳에서 이기기만 한다면 잠시 동안은 평화로워진다고 했다.

"잠시? 계속 평화로워지는 게 아니라?"

나는 엄마에게 물었다.

"마왕을 쓰러뜨리지 않는 한 계속 평화롭기는 어렵단다. 하지만 비록 짧은 시간일지라도 그 싸움으로 얻을 수 있는 평화는 무척 소중하지."

어머니는 슬픈 얼굴을 하고 계셨다.

"그럼 내가 마왕을 물리쳐줄게!"

나는 엄마를 위로하기 위해 그렇게 말했다.

"그래……."

어머니는 복잡한 표정을 지어 보이셨다.

※ ※ ※

"아레스, 자크를 잘 부탁한다."

떠나기 직전 나는 자크의 부모님께 그런 부탁을 받았다.

"당연하죠! 맡겨주세요!"

존경하는 분들의 부탁에 나는 당연히 받아들였다.

다만 두 사람은 자크를 다정하게, 오래도록 끌어안고 계셨다.

그 모습을 보고, 어쩐지 더는 이분들을 만날 수 없을 것 같다는 생각이 들었다.

다음 날부터 나는 마을의 친구들을 모아 나무 막대기를 들고 검 연습을 시작했다.

"우리들이 마왕을 쓰러뜨리는 거야!"

나는 진심이었고, 친구들도 그것에 응해 주었다. 물론 자크도.

나무 막대기를 휘두르는 것뿐이었지만, 우리는 대단한 모험가라도 된 기분이었다.

목표는 자크의 아버지 같은 전사. 그가 보여주었던 그 검술을 모두가 목표로 할 생각이었다. 그런데……

"아레스, 질렸으니까 다른 거 하자."

한 달쯤 지나자 친구 중 한 명이 그렇게 말하기 시작했다.

"맞아, 아레스만 너무 강하니까 재미없어."

다른 친구들도 거기에 찬성했다.

아무래도 연습을 하면서 실력에 차이가 벌어지는 것이 재미가 없었던 모양이다.

확실히 내가 제일 잘했고, 친구들과 많은 차이가 난다는 것을 느끼고 있었다.

아니, 애초에 이 녀석들에게는 검 연습조차 아닌 그저 놀이의 연장에 지나지 않았을지도 모른다. 다만 자크만은 의욕을 보였다.

"그래…… 알았어……."

결국 모두와 검 연습을 하는 것을 멈추고 자크와 둘이서만 계속하게 되었다.

※ ※ ※

우리 집은 촌장 집안이라 아버지도 어머니도 학문에 뜻을 두셨었고, 덕분에 자크와 함께 읽고 쓰는 것을 배울 수 있었다. 나는 곧바로 글씨를 읽을 수 있게 되었고, 집에 있던 여러 가지 책을 읽게 되었다. 자크가 책을 읽을 수 있게 된 것은 꽤 나중의 일이었을 것이다.

읽은 책 속에 용사의 이야기가 있었는데, 그 이야기에 따르면 용사는 검뿐만 아니라 마법사와 같은 공격 마법, 성직자와 같은 회복 마법도 사용할 수 있다고 했다.

"좋아! 그럼 마법도 배우자!"

나는 단순하게 그렇게 생각했다. 마왕을 쓰러뜨리는 것은 용사다. 그럼 마법도 써야 한다.

자크의 어머니가 공부에 사용했던 마도서는 있었지만, 그것을 읽기엔 너무 어려울 것 같아 마을 교회에 있던 신부님께 회복 마법을 알려달라고 부탁하러 갔다.

"회복 마법을 배우고 싶다고?"

이 마을의 신부님은 아직 젊었고, 상냥해 보이기도 하고 심약해 보이기도 한 분이었다.

"응! 난 용사가 될 거야!"

"용사? 그래, 용사라."

신부님은 잠시 생각에 잠기더니 다정하게 웃으며 이렇게 말했다.

"아버지께 허락을 받고 오거라. 그러면 간단한 기초는 알려주마. 원래라면 성직자가 될 사람만 알려줘야 하는데, 시대가 시대이니 말이야."

곧바로 집에 가서 아버지에게 그 일에 대해 이야기했다.

"회복 마법? 그건 선택된 인간이 아니면 쓸 수 없을 텐데……뭐, 신부님이 기초를 알려주신다고 했다면 시험해 보려무나."

아버지는 내가 회복 마법을 쓸 수 있게 될 것이라고는 기대하지 않는 것 같았다.

어쨌든 허락은 떨어졌다. 나는 자크와 함께 교회에 가서 신부님께 가르침을 받게 되었다.

가르침이라 해도 간단한 기도의 방법과 기도할 때의 마음가짐 같은 것을 알려주셨을 뿐이었다.

"우선은 신의 존재를 느껴야 한다. 그것을 의식할 수 있다면 자연히 기도에 힘이 깃들게 되지."

신부님 말씀대로 성직자가 되는 사람은 신의 존재를 느낄 수 있다고 한다. 반대로 말하면 신의 존재를 느낄 수 있기 때문에 성직자가 될 수 있는 것이기도 했다.

　그런 것들은 지금까지 느껴본 적이 없었기 때문에 일단 기도의 말을 몇 번이고 중얼거렸다. 자크도 함께 중얼거렸다. 둘이서 열심히 기도를 하고 있는데 친구들이 다가왔다.

　"뭐 하는 거야?"

　"회복 주문 연습."

　"회복 주문? 아레스는 신부님이 되려고?"

　"나는 용사가 될 거야. 신부님이 되고 싶은 게 아니야."

　"그 기도라는 걸 하면 회복 주문을 쓸 수 있게 돼?"

　"신의 존재를 느끼면서 기도를 할 수 있게 되면."

　"흐음, 나도 알려줘."

　"왜?"

　"집에서 하는 밭일은 힘드니까. 신부님처럼 기도나 하는 사람이 되고 싶어."

　친구의 동기는 불순하다고 생각했지만, 기도하는 방법은 알려주었다. 그러자 그 후 여러 명의 다른 친구들이 모여들어 다 같이 기도를 하게 되었다. 이유는 똑같다. 신부라는 일이 '폼나고 편하니까'라는 것이었다.

　며칠 정도 그런 것을 반복하는데, 점차 친구들은 하나둘 빠져나갔다.

　그것도 그렇다. 간단한 기도의 말을 외우고 있는 것뿐이니 재미도 무엇도 없다. 마지막으로 남은 것은 나와 자크뿐이었다. 솔직히 나도 멈추고 싶었지만 자크는 계속 진지하게 임했다. 어쩌면 자크는 회복 주문을 배워서 부모님께 가고 싶은 것이 아닐까 생각했다. 그런 생각을 하자 멈출 수가 없었다.

※ ※ ※

몇 달이 지나고, 마리카국이 마왕군과 싸운다는 소문이 소식이 마을에 들려왔다.

이 나라의 뮬러 장군이 이끄는 군이 분전하여 마왕군을 격퇴하는 데는 성공했지만, 그 도착이 늦은 탓에 마리카국은 멸망했다. 의용병으로 전선에서 싸우던 모험가들은 누구 한 명 살아남지 못했다고 한다.

그 소문을 들은 날 밤, 아버지와 어머니는 나와 자크에게 말했다.

"오늘부터 자크는 우리 아이가 될 거란다."

자크는 말없이 고개를 끄덕였다.

그날 밤 자크는 침대에서 조용히 울었다. 나는 옆방에서 희미하게 들려오는 그 울음소리를 들으며 자크의 부모님을 위해 기도했다.

나는 그때까지 기도라는 말의 의미는 조금도 알고 있지 못했다고 생각한다. 그저 그 말을 의미 없이 반복한 것뿐이었다.

난생처음 누군가를 위해 기도했을 때, 꽉 마주 쥔 손안에 희미한 빛이 감돌았다.

미미하지만 신의 기적을 일으킨 다음 날 아침, 교회에 가서 신부님께 그것을 보여드렸다.

"대단하구나. 솔직히 말하면 난 불가능할 거라 생각했는데, 이건 확실히 신의 기적이 맞단다."

내 머리에 손을 얹고 신부님은 나를 칭찬해 주셨다.

"하지만…… 아쉽게도 그렇게 강한 힘이 느껴지진 않는구나. 아마 사용할 수 있게 된다 하더라도 초보 회복 주문 정도일 거다. 그래도 계속할 거니?"

나는 망설임 없이 고개를 끄덕였다.

※ ※ ※

몇 개월 더 신부님의 가르침을 받자 간단한 회복 마법을 사용할 수 있게 되었다.

자크도 함께 가르침을 받았지만 안타깝게도 그는 신의 기적을 일으키지는 못했다.

내가 회복 마법을 쓸 수 있다는 말은 금세 온 마을에 퍼졌다. 촌장이었던 할아버지가 자랑스럽게 이야기를 퍼뜨린 탓이었다.

아버지의 말에 의하면 할아버지는 자신의 딸이었던 자크의 어머니가 마법을 사용할 수 있게 됐을 때도 똑같이 동네방네 떠들며 자랑을 했다고 한다.

그 탓에 간단한 부상이면 치료받을 수 있다는 말에 마을 사람들이 내게 찾아오게 되었다. 뭐, 회복 마법을 훈련할 수 있어서 감사하긴 했지만.

다만 신부님 말씀대로 한계는 금세 찾아왔다. 초급 회복 마법밖에 쓸 수 없었고, 그 이상의 신의 기적은 행사할 수 없었다.

솔직히 이대로는 아무 쓸모가 없을 것 같아 나는 공격 마법을 공부하기로 결심했다.

공격 마법을 배워야 할 이유는 하나 더 있었다. 자크가 이 이상 회복 마법을 배워봤자 소용이 없을 거라 생각했기 때문이다. 그보다는 엄마가 마법사였으니 공격 마법을 배우게 하는 편이 더 낫지 않을까 생각한 것이다.

"……그래. 아레스가 그렇게 말한다면 같이 할게."

그 일을 자크에게 말하자 자크는 그렇게 답했다. 회복 마법에 조금 미련이 남은 것 같았지만, 둘이서 공격 마법을 배우기 위한 공부를 시작하게 되었다. 우선 마술서를 읽기 위해 고대 문자를 읽는 것부터 시작했다.

이에 관한 책도 자크의 어머니가 사용한 것이 남아 있었던 덕분에, 둘이서 그것을 읽으면서 최선을 다해 공부했다.

우리가 공격 마법에 관한 공부를 하고 있다는 소문이 마을에 퍼졌다. 그러자 또 친구들이 함께 공부하고 싶다며 찾아왔다.

단순히 '마법을 쓸 수 있는 인간은 대단하다'라고 생각한 것 같았다. 다만 친구들은 읽고 쓸 줄도 몰랐기 때문에 거기서부터 공부해야 했다.

읽고, 쓰고, 고대 문자를 배우고, 다시 마도서를 읽는 기나긴 여정에 아이들은 빠르게 좌절하며 우수수 떨어져 나갔다.

※ ※ ※

마법 공부는 오래 이어졌다. 공부가 어렵기도 했지만 집안일을 돕고 검 연습을 하면서 틈틈이 공부를 하다 보니 빠르게 결과가 나오지 않았다.

결국 내가 처음으로 마법 영창에 성공한 것은 열두 살 때였다. 5년이 넘게 걸린 것이다. 자크가 함께 공부해 주지 않았더라면 절대로 계속하지 못했을 것이다. 다만 자크는 공격 마법도 습득하지 못했다.

이때가 되니 다시금 마왕군이 침공을 개시하면서 마물의 수가 늘어나고 그 활동도 활발해졌다. 마을에서도 자경단 같은 것이 결성되었고 마을 사람들도 무기를 사용한 훈련을 받기 시작했다.

우리도 거기에 가담했지만 계속 검 훈련을 해 온 덕분에 그 어떤 어른들보다 내가 압도적으로 더 강했다. 때로는 마을 근처에 출몰한 마물도 쓰러뜨리게 되었다.

이렇게 되자, 검도 사용할 수 있고 회복 마법과 공격 마법도 사용할 수 있다는 이유만으로 나는 천재 취급을 받게 되었다. 할아버지는 '이 아이는 용사일지도 모른다'며 호들갑을 떠셨다.

하지만 나는 그렇게 생각하지 않았다. 나는 자크의 부모님을 알고 있다. 검은 자크의 아버지에 뒤처졌고 공격 마법은 자크의 어머니에 못 미쳤으며 회복 마법은 신부님만 못했다.

요컨대 그 모든 것이 어중간했다. 이 정도로 어떻게 마왕을 쓰러뜨릴 수 있을지 짐작조차 가지 않았다.

그럴 때, 절망적인 일이 벌어졌다.
마을에 예언자가 나타난 것이다.
『이 마을에서 마왕을 물리칠 용사가 나타난다.』
수많은 마을 사람들 앞에서 예언자는 그렇게 말했다.
그 말에 마을 사람들은 일제히 나를 쳐다보았다.
'그러지 마! 제발 그런 눈으로 나를 보지 마!'
나는 그렇게 외치고 싶었다. 내가 마왕을 쓰러뜨릴 수 있을 리가 없다. 몸이 떨리고 다리가 꺾일 것만 같았다.
도움을 청하듯 옆에 있던 자크에게 눈길을 주자, 그 녀석은 예언자를 똑바로 응시하고 있었다.
자크만은 누군가에게 기대하는 것이 아닌, 자신에게서 용사의 가능성을 찾아내려는 것처럼 보였다. 생각해보면 검도 마법도 나보다 못했는데, 본인이 먼저 포기하는 일은 단 한 번도 없었던 녀석이다.
그 모습을 보고 나는 평정을 되찾을 수 있었다.

결국 나는 용사로 추대되었지만, 묵묵히 받아들였다.
부모님과 상의해 일단 왕도로 가 팔룸 학원에 들어가기로 했다. 다행스럽게도 부모님만은 냉정하게 판단해 주셨고, 그들은 내가 당장 마왕을 쓰러뜨릴 수 있는 용사가 아니라는 것을 알고 계셨다. 오히려 용사라는 것에 회의적인 반응을 보이셨지만, 그런 것을 마을 사람들 앞에서 말할 수 있는 분위기는 아니었다. 촌 장인 할아버지가 '역시 아레스는 용사였다'며 잔치까지 벌이는 상황이었기 때문이다.

나는 그날 이후 집안일을 도와주는 것은 그만두고 검과 마법의 특훈에 매진하게 되었다. 솔선수범하여 마물도 쓰러뜨렸다. 죽을 힘을 다했다.

불안한 마음은 여전했지만, 그 옆에는 항상 자크가 있어 주었다.

무엇 하나 해내지 못해도, 계속 나와 함께 노력해 주었다.

나는 그 모습에 계속 격려를 받아온 것이 아닐까.

자신이 용사인지 아닌지는 모르겠다.

하지만 용사에게 필요한 것은 검 실력이나 마법 같은 것은 아니라는 생각이 들었다.

나는 왠지 용사로는 자크가 어울린다고 생각했다.

결과적으로 아레스는 어떻게든 살아남았다.

마인이 바로 죽어버린 데다 목에 난 상처도 생각보다 중상은 아니었고, 회복 주문으로 상처는 막을 수 있었다.

하지만 상처만 막혔을 뿐 완치된 것은 아니었다. 아레스의 왼쪽 목 주변이 전부 보라색으로 변색되어 흉측했다. 심지어 아레스는 목의 상처를 아물게 하는데 모든 마력을 다 써버린 탓에 마력 소진과 상처의 고통으로 홀로 일어설 수조차 없었다.

설상가상으로 복부에 입은 상처는 얕긴 했지만 상처가 막힐 기미를 보이지 않았다. 천을 둘러 응급처치는 했지만 천 표면으로 피가 배어났다. 초보 회복 마법으로 쉽게 낫는 정도의 상처였지만 지금의 아레스는 그것조차 사용할 힘이 없었다.

'이대로는 아레스가 위험해.'

목의 상처도 그렇지만, 배의 상처 때문에 생명마저 위태로울 수 있었다. 나는 짐을 최소화하고 아레스에게 어깨를 빌려주며 걸어가기 시작했다.

내팽개쳐진 아레스의 검은 찾아내서 지금은 내가 들고 있다. 검만은 함께 가져가고 싶다고 아레스가 간청했기 때문이다.

"미안해."

창백한 얼굴을 하고 아레스가 사과했다.

"신경 쓰지 마. 난 지금 세상을 구하려는 용사를 구하고 있잖

아. 그럼 엄청난 영웅 아니야?"

농담으로 얼버무렸지만, 발걸음은 한없이 무거웠다. 평범하게 걷는 속도의 절반에도 못 미치는 속도다. 이래서야 언제 근처 마을에 도착할지 알 수 없었다.

※ ※ ※

아레스의 상태는 시간이 지날수록 악화되었다.

배의 상처가 곪은 것인지 고열을 내기 시작했고 결국 걷는 것조차 불가능해졌다.

나는 대부분의 짐을 버리고 아레스를 업고 걸어갔다.

자신과 같은 체격의 사람을 업는 것은 괴롭다. 금세 체력이 바닥난다.

등에 업고 걷다가 바로 쉬는 것을 반복했다. 이대로는 한 달이 지나도 마을에 닿기는커녕 숲조차 빠져나갈 수 없을 것이다.

휴식을 취하고 있을 때, 마을의 신부님께 배운 회복 마법을 아레스를 향해 외쳤다. 한 번도 성공한 적이 없었기 때문에 당연하다면 당연하지만, 이번에도 신의 기적은 일어나지 않았다.

'평생의 소원입니다! 아레스의 상처를 치료해 주세요!'

필사적으로 신께 기도하고 염원해도 그 기도가 신께 닿는 일은 없었다.

이 정도의 상처로 아레스가 죽을 줄 알았다면 좀 더 노력해서 회복 마법을 배워둘 걸 그랬다. 너무나도 무력한 스스로의 모습에 눈물이 흘렀다.

아레스는 더 이상 눈조차 뜰 수 있는 상태가 아니었기에 내가 우는 모습을 보지는 못했다.

아레스를 업고 걸었다. 하지만 조금도 나아가질 못했다. 어제 보다 더 심했다. 내 몸도 안 좋아진 것이다. 피로와 배고픔도 있지만 무엇보다 더는 물이 없었다. 마실 물도 없고 아레스의 배에 난 상처를 씻을 물도 없다.

근처에 강이나 수도 시설은 그 어디에도 보이지 않았고, 숲이 너무 험해서 안까지 들어갈 수도 없었다. 물의 소중함은 잘 알고 있었다. 하지만 가지고 있던 물은 어제 아레스의 상처를 씻는 데 거의 다 사용해 버린 탓에 더는 없었다.

"물이여!"

옛날 아레스와 함께 연습한 물의 마법 영창을 시도해 보았지만 한 번도 성공한 적이 없었기에 아무런 반응이 없었다. 아레스라 면 물 정도는 쉽게 만들 수 있었을 것이다.

어째서 상처를 입은 것이 내가 아니었을까?

어째서 나는 간단한 마법 하나 배우지 못하는 것일까?

"우물에서 물을 길어오는 게 더 빠르겠다."

함께 마법을 공부한 적이 있는 무리들은 아레스가 처음 습득한 물의 마법을 보고 그렇게 말했었다.

그것은 맞는 말이다. 하지만 근처에 늘 우물이나 강이 있는 것 은 아니다. 하물며 마물과 싸우는 여행 중에 그런 풍족한 환경이

갖추어져 있을 리가 만무하다. 지금 나는 그 사실을 뼈저리게 실감했다.

밤이 찾아오고, 주위가 전혀 보이지 않았다. 짐승인지 마물인지 모를 무언가의 포효가 여기저기서 들려왔다. 무섭다. 불이 필요했다.

"불이여!"

문구만 아는 불의 마법을 시전했지만 당연히 아무 일도 일어나지 않았다.

아레스의 몸에서 이상한 냄새가 나기 시작했다. 상처가 부패하기 시작한 것이다. 나는 무서워서 상처를 덮은 천을 들어 올려 그것을 확인할 용기가 나지 않았다. 불의 마법을 사용할 수 있었다면 아레스의 배에 난 상처를 태워서 상처를 막는 것도 가능했을 것이다.

애초에 짐 속에 부싯돌도 넣지 않았다. 아레스가 불 주문을 쓸 수 있으니 필요 없다고 생각했기 때문이다. 하지만 이런 상황이 되자 불의 중요성을 싫어도 깨달을 수밖에 없었다. 별빛조차 닿지 않는 숲속의 어둠은 마치 심연을 들여다보는 것과 같아, 근원적인 공포를 느끼게 했다.

그리고 무엇보다 춥다. 아레스는 고열을 내고 있었지만, 그것은 머리나 상처 주변 등 신체의 일부뿐이었다. 손가락 끝은 생기가 느껴지지 않을 정도로 차가웠다. 몸을 맞대도 전혀 따뜻해지지 않았다.

작은 불씨라도 좋으니 마법을 쓸 수 있게 되고 싶었다.

'다시 한번 기회가 생긴다면 반드시 마법을 습득하자.'

어둠 속에서 두려움에 떨며 그렇게 다짐했다.

아침이 왔다. 제대로 잠을 청하지도 못했다. 아레스가 밤새 가위에 눌렸기 때문이다. 얼굴에서 핏기가 완전히 사라져 이제는 시체처럼 보였다. 나 역시 조금도 피로가 풀리지 않아 아레스를 업고 걸을 체력도 기력도 없었다.

"어떻게 해야 해, 도대체 어떻게 하면……."

절망감에 그만 목소리가 새어 나오고 말았다.

"죽여줘……."

아레스가 신음하듯 그렇게 말했다.

"난 이미 틀렸어. 이대로라면 자크 너까지 죽을 거야. 게다가 너무 괴로워. 내 몸이 썩어가는 것도 무서워. 부탁이야, 내 검으로 날 찔러줘."

한숨처럼 작은 목소리로 아레스가 말했다.

"내가 어떻게 그래! 넌 내 형제이자 가장 친한 친구고, 쭉 함께 있었던 사이야! 그렇게는 못 해!"

나와 아레스는 형제나 다름없이 자랐다. 죽인다는 것은 상상조차 할 수 없었다.

"그래서 말하는 거야. 내가 지금 어떤 심정인지 넌 알겠지? 자크는 나를 놔두고 앞으로 나아가야 해. 하지만 이대로 날 방치하면 산 채로 벌레나 짐승에게 먹힐 거야. 그러니까 제발, 날 죽여

줘. 그리고 너 혼자 앞으로 가줘."

아레스는 눈을 뜨지 않았다. 통증을 감내하듯 얼굴만 몇 번씩 찡그릴 뿐이다.

"나 혼자 왕도에 가서 뭘 어쩌라는 거야? 넌 용사잖아? 용사가 죽어버리면 세상은 끝인 거잖아!"

"……결국 난 용사가 아니었던 거야. 예언자도 이 마을에서 세계를 구할 용사가 나타난다는 말밖에 하지 않았지. 나라는 말은 한마디도 안 했어. 게다가 난 예언자의 말을 들었을 때, 내가 아니라 어쩐지 자크가 떠올랐어."

"내가 용사일 리가 없잖아! 마법도 못 쓴다고! 마법을 쓸 수 있었다면 아레스의 상처도 치료할 수 있었을 텐데! 검도 제대로 못 쓰는데……."

나는 더 이상 참지 못하고 울음을 터뜨렸다.

"……왜 그럴까? 잘은 모르겠지만, 나는 그렇게 생각했어."

아레스가 크게 얼굴을 일그러뜨렸다.

"……아아, 온몸이 칼로 찌르는 것처럼 아파. 고통스러워. 부탁이야, 자크, 제발. 날 편하게 해 줘."

아레스가 정말로 힘들어한다는 것은 보면 알 수 있었다. 그렇게 해야 한다는 것도 사실은 알고 있었다.

나는 울면서 검을 뽑았다.

땅에 쓰러져 있는 아레스의 가슴에 칼끝을 가져갔다.

아레스는 눈을 감은 채 웃는 표정을 지었다. 괴로울 텐데도 억지로 미소를 지어주려 하고 있었다.

나를 위해 그렇게 해 주는 것이다.

손이 떨렸다. 조금, 아주 조금 시간이 흘러 다시 아레스의 얼굴
이 고통으로 일그러진 순간, 나는 그의 가슴에 검을 꽂았다.

푸욱 하는 감촉이 느껴지며 빨려 들어가듯 검이 아레스의 가슴
을 관통했다.

아레스의 입이 희미하게 움직였다. 소리조차 되어 나오지 못한
최후의 목소리.

"엄마."

라고 들린 것 같았다.

그 후로 8년이 흘렀다.

이 숲은 아무것도 변하지 않았다. 하늘을 뒤덮을 만큼 거대하고 울창한 나무들, 이유 모를 불안감이 느껴지는 이 분위기. 아무것도 변한 것이 없다.

마왕은 처리했지만 아직도 마물의 수는 많았고, 인적은 전무했으며, 숲을 빠져나가는 길은 황폐했다.

희미한 기억에 의지해 아레스의 사체를 둔 장소를 찾았지만 발견할 수 없었다.

땅을 파고 매장할 체력도 기력도 없어 시신을 감추듯 망토로 덮어놓았을 뿐이니, 설령 정확한 장소를 기억한다 해도 더는 아무것도 남아 있지 않을 것이다.

"거기서 뭐 하는 거지, 아레스? 이런 곳에서 한눈팔고 있을 때가 아니다. 빨리 왕도로 돌아가 마왕 토벌 보고를 해야지. 잔당도 많이 남았다고 하고, 아직 우리의 힘은 필요해."

길에서 벗어나 숲으로 들어간 나에게 레온이 말을 걸었다.

그는 귀가를 서두르는 모습이었다. 차기 백작가 당주로서 큰 공을 세웠으니 가슴을 펴고 당당히 왕궁에 보고를 하고 싶을 것이다. 당연한 일이다.

마리아도 솔론도 돌아가면 지위를 보장받는다.

"레온, 마리아, 솔론. 여기서 작별이야. 용사 아레스는 죽었다고 전해 줘."

내 말에 세 사람은 눈을 부릅떴다.

"무슨 바보 같은 소리를 하는 거냐, 아레스. 드디어 마왕을 쓰러뜨린 거라고! 같이 돌아가야지! 그렇게 하면 넌 공주와 결혼해서 왕이 될 수 있다! 네가 왕이 된다면 나는 모셔도 좋다고 생각하고 있어!"

레온은 잠시 말을 끊고 무언가 생각하는가 싶더니 말을 이었다.

"혹시 왕이 되는 것이 불안한가? 그래, 아무리 용사라고 해도 평민 출신인 인간이 왕이 되면 반대하는 귀족들이 있을지도 모르지. 하지만 그게 걱정이라면 내가 붙어있으니까 괜찮다! 백작가가 전력을 다해 지원하마. 누구에게도 불평이 나오지 않게 만들겠어."

처음 만났을 무렵의 레온은 나를 평민이라느니 태생이 천하다느니 비난하며 '용사가 되어 차기 왕이 되는 것은 나다!' 하고 분노하기 일쑤였다.

그때와 비교하면 그는 상당히 달라졌다. 아니, 뿌리 부분은 변하지 않았다.

레온은 언제나 사욕이 없었고, 진심으로 나라를 위하는 고결한 귀족이자 기사였다.

"맞아요, 아레스. 왕이 되는 것 역시 용사로서의 시련. 여기서 내던지다니 당신답지 않은걸요?"

마리아가 상냥하게 미소 지었다.

"제가 교회를 장악할 테니 함께 권력을 휘어잡죠."

……말하는 내용은 상냥하지 않았다.

"아레스, 왜지? 이유를 말해."

솔론은 애써 냉정하게 질문했다.

"미안, 나는 아레스가 아니야. 사실은 용사가 아니었어."

계속 하고 싶었던 말을, 이제서야 입에 담을 수 있게 되었다.

"무슨 말을 하는 거지? 네가 아레스가 아니면 누구라는 거야?"

레온은 의아한 표정을 지었다.

"자크, 내 진짜 이름은 자크라고 해. 지금까지 속여서 미안해."

세 사람을 향해 고개를 숙였다.

"자크? 왜 이름을 속였는데?"

솔론이 질문을 이었다.

"아레스가 진정한 용사의 이름이기 때문이야."

그 후 나는 과거의 일을 이야기하기 시작했다. 고향의 마을에 예언자가 나타났고, 자신이 아레스의 동행인으로서 여행을 떠났다는 것. 가는 도중에 마인에게 습격당해 아레스가 상처를 입었고, 내가 그의 목숨을 끊었다는 것. 그리고 홀로 왕도로 향해서 학원에 입학했다는 것……

"14살에 마인을 쓰러뜨렸다고?! 그런 남자가 있었다니……"

레온은 아레스의 무용담에 감탄했다.

그렇다, 아레스는 대단하다. 열네 살에 그 정도의 일을 해낸 것이다. 살아 있었다면 더 빨리 마왕을 쓰러뜨릴 수 있었을 것이다.

"아레스의 이야기는 알았어. 그런데 왜 넌 그 이름을 써서 속인 거지?"

솔론이 근처 나무에 기댔다. 조금 이야기가 길어질 거라 생각한 것일지도 모른다.

"내가 용사를 죽였으니까. 그래서 내가 용사를 이어받아야 했어. 그 책임이 있었어."

용사를 죽인 책임을 지기 위해 나는 여기까지 왔다.

"아레스가 죽은 건 마인 때문이에요. 당신 잘못이 아닌데요?"

마리아가 말했다.

"……아니, 아레스가 죽은 건 나 때문이야. 내 손에는, 아레스를 검으로 찔렀을 때의 감촉이 생생하게 남아 있어. 그리고 난 자크로서 마왕을 토벌한 게 아니야. 아레스로서 마왕을 쓰러뜨렸지. 자크로 있었다면 절대 하지 못했을 거야."

"이미 아레스는 죽었는데?"

솔론은 팔짱을 끼고 손가락으로 팔을 조금씩 두드렸다. 초조해 보였다.

"아레스의 어머니는…… 나를 키워준 셰라 씨는 정말 좋으신 분이야. 그분께 아레스는 용사가 되지 못하고 죽었다는 말은 차마 못 하겠어. 애초에 그분은 아레스가 용사가 되는 걸 원치 않으셨던 분이야."

"그러니까, 그 공적을 모두 아레스 것으로 돌리고 넌 떠나겠다고?"

솔론의 말끝마다 분노가 느껴졌다.

"원래 아레스에게 돌아갔어야 할 공적이야."

"바보냐, 네놈은!"

기어이 솔론이 언성을 높였다. 본래 성질이 급하고 입이 험한 사내였다.

"용사는 너야! 아레스는 도중에 쓰러졌고! 그게 사실이지! 게다가 예언자의 말은 나도 알고 있어. '이 마을에서 마왕을 물리칠 용사가 나타난다'라고 했지. 정확히 아레스를 가리킨 게 아니야. 처음부터 용사는 너였던 거라고!"

현자인 솔론의 지적은 옳다. 나도 그것은 알고 있다.

"나는 검도 마법도 제대로 쓰지 못했던 평범한 사람이야. 용사가 될 만한 그릇이 아냐. 그리고 나에게 있어서 용사는 아레스야."

그래, 나에게 용사는 어울리지 않는다. 줄곧 아레스의 그림자를 따라다녔을 뿐이다.

"그래, 넌 평범한 놈이야! 학원에서 최고로 재능 없는 인간이었어! 그런 네가 마왕을 쓰러뜨린 거라고! 그러기 위해 얼마나 많은 수련을 쌓았는지, 얼마나 많은 대가를 치렀는지 그걸 우린 모두 알고 있어! 밤낮도 없이, 일분일초를 아끼면서, 자는 시간마저 아끼면서! 그렇게 해서 충분한 성과를 내지 못해도, 멈추지 않고 계속 나아갔어. 확실히 너한테 용사의 자질은 없었을지도 모르지. 하지만 그래도 세계를 구한 건 너야! 나는 너 이외의 그 누구도 용사로 인정 못 해!"

솔론은 후드로 얼굴을 가린 채 그렇게 말했다. 강한 어조지만 상냥한 말이었다.

"고마워, 솔론. 네가 그렇게 말해 준 것만으로도 난 이미 충분해."

영원히 보답받지 못할 것이라 생각했던 나의 노력은 마지막에 결실을 보았고, 그것을 인정해 주는 세 명의 친구가 있었다. 그걸로 충분했다.

"정말 떠나는 건가요, 아레스…… 아니, 자크."

마리아가 평소와 같은 꾸며낸 성녀의 얼굴이 아닌, 진짜 얼굴로 진심을 담아 날 걱정해 주고 있었다.

"가지 말아요, 자크. 제가 이렇게 말리고 있잖아요. 제 부탁을 거절하는 건 신을 향한 모독이나 다름없는데요?"

"고마워, 마리아."

쉽게 보여주지 않는 마리아의 그 본모습은, 틀림없이 이 세상에서 가장 아름다웠다.

"네가 그렇게 말하면 결심이 흔들릴 것 같아. 하지만 가야 해. 이 이상 더 나아가면 누군가와 만나게 될지도 몰라. 그렇게 되면 내가 살아 있다는 사실이 알려지게 돼. 그것만큼은 피하고 싶어. 사실은 좀 더 일찍 헤어지려고 했는데, 조금이라도 더 오랫동안 너희들과 여행을 계속하고 싶었어."

힘들고 어려운 여행이었지만, 그래도 동료들과 보낸 날들은 나에게 좋은 추억이었다.

"어디로 갈 생각이지?"

레온이 말했다.

"우선 마을로 돌아가서 아레스가 마왕을 쓰러뜨렸다고 알리고, 이 검을 아레스의 부모님께 돌려드려야지. 그 후엔 이 나라를 떠나 여행을 갈 생각이야."

마지막으로 셰라 씨를 만나고 나는 이 나라를 떠날 생각이었다. 이 나라에 계속 있으면 숨기고 싶은 것을 언젠가 들켜 버릴지도 모르니까.

"국왕 폐하는 아직 연로하지 않으시다. 서둘러 차기 국왕을 결정할 필요는 없지. 언제든지 돌아와라. 나는 널 기꺼이 맞아 줄 거다."

"고마워, 레온. 나는 너라면 훌륭한 왕이 될 수 있을 거라 생각해."

"당연하지."

훗, 하고 레온은 웃었다.

"나보다 더 왕에 어울리는 남자는 없어. 하지만 너에게 공을 양보받을 정도로 못나지는 않았다."

정말 고결한 남자다. 그에게 왕이 될 생각이 없는 것은 정말 아쉬운 일이었다.

"그럼, 난 갈게."

나는 동료들에게 등을 돌렸다.

"잠깐만."

그러자 솔론이 말을 걸었다.

"너에게 우리는, 아니, 난 뭐지? 그러니까……."

그는 잠시 말을 머뭇거렸다.

"그야 절친이지. 당연한 걸 묻네."

학원 시절부터 이어져 온 인연이자 서로 동고동락한 사이다. 그것 말고는 마땅한 말이 없었다.

"······그래. 나 정도의 천재를 절친이라고 부르다니, 여전히 뻔뻔한 녀석이군. 하지만 친구 정도라면 됐을지도 모르지."

솔론이 희미하게 웃었다.

"다행이네요, 솔론. 당신은 어릴 때부터 친구가 한 명도 없었잖아요."

마리아가 놀렸다. 솔론은 그것을 눈으로 잠시 비난하더니, 이렇게 말했다.

"난 네가 어디를 가더라도 반드시 찾아내서 데리고 올 거야. 친구니까."

알렉시아의 장

"왔어?"

뻥 뚫린 방에는 기다렸다는 듯이 솔론이 앉아 있었다. 언제나처럼 자주색 현자의 로브를 걸치고 있다.

아무래도 내가 올 것을 예상했던 모양이다.

"어째서 아레스가 용사가 아니었다는 사실을 은연중에 알려준 거죠?"

"어차피 언젠가 알게 될 일이니까."

"조사서도 다시 살펴봤어요. 당신들은 '아레스'라고 말했을 땐 아레스에 대해 이야기했지만, '그 녀석'이나 '그'라고 말할 땐 자크에 대해 얘기했던 거죠?"

솔론은 대답하지 않고 옅게 웃었다.

"대체 언제 자크가 아레스가 된 거죠? 조사한 바로는 왕도에 온 단계에서 자크는 아레스를 자칭했던 것 같은데……."

"왕도에 오는 길에 아레스는 마인에게 습격당해 죽었다나 봐. 자크의 말을 믿었을 때의 이야기지만."

나를 시험하듯 솔론은 대답했다. 자크가 아레스를 죽였을 가능성을 시사한 것이다.

"믿어요. 하지만 왜 이제 와서 그런 말을 하는 거죠?"

"말했잖아. 그 녀석에게는 아무런 재능도 없어. 거짓말하는 것도 서툴지. 지난 몇 년간 들키지 않은 것만으로도 기적이라고. 어차피 너도 그 녀석이 죽었다고 생각하진 않았을 거 아냐—— 알렉시아 공주?"

그 말을 듣고 나는 입을 다물었다.

"우리가 이 나라로 돌아온 후, 너에게는 수차례 혼담이 들어왔어. 그 필두는 레온이었지. 하지만 너도 레온도 거절했어. '죽은 용사야말로 왕녀의 약혼자이며, 아직 오래 지나지도 않았다'라고 하면서."

혼담은 레온뿐만이 아니었다. 솔론 역시 후보로 거론되었지만 그 역시 거절했다. 나는 날아드는 혼담을 계속 거절했고, 레온과 솔론은 어째서인지 그것을 지지해 주었다. 다만 마리아만은 '왕국의 안녕을 위해서라도 서둘러 혼인하셔야 합니다'라고 말하며 나에게 혼인을 권유해 왔다.

마리아는 그렇다 쳐도 레온과 솔론 덕분에 나는 아직 결혼하지 않을 수 있었다.

"하지만 그것도 슬슬 한계였겠지. 폐하께서 가만히 두고 보시지 않을 테니까. 그래서 넌 용사의 공적을 문헌으로 정리하는 사업을 시작했다. 그 녀석을 찾기 위해."

맞는 말이었다. 나는 국가 시책으로서 용사의 공적을 문헌에 정리할 것을 제안했고, 직접 나서서 그 조사를 시작했다.

그가 살아 있다고 믿고.

하지만 설마 그가 아레스가 아니었다니.

"그 밖에도 움직이는 녀석들은 많아. 레온은 백작가의 힘을 사용해 그 녀석이 어디로 갔는지 정보를 모으고 있고, 마리아는 교회의 정보망을 이용해 찾고 있지. 나도 뭐, 탐색 마술을 몇 가지 만들어냈고."

"그래도 못 찾은 건가요?"

"그 녀석이 간 곳은 국외니까. 그렇게 쉽게 찾을 수는 없지."

솔론의 신경질적이던 표정이 조금 누그러진 것처럼 보였다.

"찾아서 어쩌려고요?"

"데려와야지. 그 녀석은 내 친구야. 친구가 없는 인생은 재미없어."

그는 두 팔을 벌리며 장난스럽게 말했다.

"……자크는 본인이 용사라는 걸 밝히고 싶지 않다고 했어요. 그런데도 당신은 그를 다시 데려올 건가요?"

우려하는 것은 그 부분이었다. 자크는 본인이 한 거짓말을 바꿀 마음이 없었다.

"그 녀석이 누구를 위해 거짓말을 했다고 생각해? 탈리즈 마을까지 무사히 다녀왔다면 알고 있겠지?"

"셰라 씨를 위해서. 그녀를 위해 적어도 아레스를 용사로 만들어주고 싶었던 것 같아요."

"그래. 아레스의 어머니이자 양부모인 그녀에게 도리를 다하고 싶어서 그랬던 거지. 정성스럽게 아레스를 닮은 자신의 그림까지 그리게 해서."

처음 그림을 봤을 때 조금 과하게 미화시켜 그린 것이 아닌가 싶었는데, 거기에는 이유가 있었던 것이다.

"그래서요? 자크는 본인이 한 거짓말 때문에라도 돌아오지 않을 거예요. 그는 마왕을 쓰러뜨릴 정도로 의지가 강한 사람이니까요. 그렇다고 해서 우리가 셰라 씨에게 사실을 모두 털어놓을 수도 없어요. 자크의 각오를 무시할 수는 없으니까요."

"그렇지."

솔론은 선뜻 인정했다.

"하지만 말이지. 그 거짓말을 셰라가 처음부터 알고 있었다면 어쩔래?"

"어쩔래……라니, 모르고 계시잖아요."

"알아. 반드시 알고 있을걸."

솔론은 단언했다.

"어떻게 그렇게 단언할 수 있죠?"

"한 번 더 셰라를 만나러 가봐. 그럼 그쪽에서 알려줄 거야."

대현자라고 불리는 남자의 눈에는 도대체 무엇이 보이는 것일까?

"또 한 번 탈리즈 마을까지 가라고요?"

말을 타고 열흘은 걸리는 일정이다. 그렇게 쉬운 여정은 아니다.

"뭐, 내가 데려다줄게. 괜히 대현자라고 불리는 건 아니니까."

"설마 전이 마법? 연구 중이라고는 들었는데."

"주문은 완성했어. 나밖에 쓸 수 없지만."

가볍게 말하지만 전이 마법은 아주 오래 전에 존재했다고 알려진 전설의 마법이다. 그렇게 쉬운 것은 아니다.

"어쩔래? 공주님. 마법으로 가는 건 무서울까?"

도발하듯 솔론이 그렇게 말해 왔다. 무서운 것은 당연하다. 그런 본 적도 없는 마법에 몸을 맡기는 것은 누구라도 무서울 것이다.

"……좋아요. 가죠."

하지만 이제 와서 뒤로 물러설 수는 없었다. 내가 그렇게 대답하자 솔론은 일어나 다른 방으로 나를 안내했다.

저택 지하 깊숙한 곳에 있는 방의 바닥에는 커다란 마법진이 그려져 있다.

"지금으로서는 이 방에서 전이해서 이 방으로 돌아오는 것밖엔 못 해."

솔론은 마치 결함인 것처럼 말했지만 충분히 대단한 성과였다. 획기적이라고도 할 수 있다.

솔론과 내가 마법진의 중심에 서자 솔론이 주문을 영창하기 시작했다. 바닥의 마법진이 창백한 빛을 뿜어내기 시작했다. 그리고 그 빛이 강도를 더해가며 빛으로 시야가 온통 새하얗게 물든 순간, 우리는 전혀 다른 곳에 있었다.

주위는 작은 나무들이 울창했다. 조금 전까지 왕도에 있었는데, 지금은 강렬한 초목 냄새가 났다.

"여기는?"

"탈리즈 마을 근처의 숲이야. 일단 사람들 눈에 띄지 않는 장소를 골랐어. 그렇지만 세라가 사는 집은 그리 멀지 않아. 가자."

그렇게 말한 솔론은 성큼성큼 걷기 시작했다. 그는 언뜻 보면 학자 같은 인상이라 이런 바깥출입은 좋아하지 않을 것 같은데, 잘 생각해보면 그도 용사 파티의 일원이다. 아마 이 정도의 길은 조금도 힘들지 않을 것이다. 오히려 빠를 정도였다. 나는 황급히 그의 뒤를 따랐다.

솔론이 말한 대로 세라가 사는 촌장의 집까지는 그다지 먼 거리가 아니었다. 도중에 오고 가는 마을 사람들에게 의아한 눈초리를 받긴 했지만 솔론은 그들의 시선을 깔끔하게 무시했다.

그리고 촌장 집에 도착했고, 그의 재촉에 나는 집 문을 두드렸다.

"네…… 어머?"

나온 것은 세라였다.

"또 오셨군요…… 오실 줄 알았습니다."

그녀는 약간 긴장감이 느껴지는 미소를 짓더니 우리를 집 안으로 들였다. 예전에 왔을 때와 비슷한 시각이었는데, 이 시간대는 남편인 촌장은 외출하는 경우가 많은 듯했다.

"저…… 이 사람은……."

"솔론 바클레이다. 대현자라 불리고 있지."

내가 그를 소개하기도 전에 솔론이 스스로를 소개했다.

"대현자…… 그런 분까지 이런 곳에 방문해 주시다니.

저는 세라 슈미트입니다. 처음 뵙겠어요."

세라는 솔론에게 정중한 인사를 건네고는 그대로 나를 향해 무릎을 꿇었다.

"당신은 알렉시아 공주님이시지요? 지난번 방문 때는 실례했습니다."

나는 당황했다. 예전에 왔을 때도 이번에도, 조사하러 온 문관으로서 옷차림은 최대한 간소하게 했다. 장식품도 걸치지 않아 왕족이라는 것은 눈치채지 못할 것이라 생각했는데.

"몸에 밴 기품은 그렇게 쉽게 없앨 수 있는 것이 아니니까요. 저도 처음 봤을 땐 눈치채지 못했지만, 몸짓과 말투 등으로 미뤄 봤을 때 그렇지 않을까 생각했답니다."

정말이지 아레스와 자크를 키운 부모다웠다. 셰라는 사람을 보는 눈이 있었고, 사람을 올바르게 키워낼 수 있는 인물이었다.

"역시 당신은 내가 생각한 그대로의 사람인 것 같네."

솔론의 목소리가 조금 낮아졌다. 늘 똑 부러지게 내뱉는 그답지 않았다.

"우리가 왜 여기에 왔는지도 짐작하고 있겠지."

"네, 자크 말이죠."

그녀는 눈을 감고 대답했다.

"알고 있답니다. 언젠가 누군가에게 말해야만 한다는 것도. 아니, 사실은 그 아이에게 그 자리에서 말했어야만 했는데……."

"처음부터 눈치채고 있었던 건가요?!"

나도 모르게 큰 소리가 나왔다. 설마 그렇게 일찍부터 알고 있었을 줄은 몰랐다. 나도 조사를 진행하는 동안에 겨우 알게 된 일인데.

"저는 그 아이의 어미인 걸요. 아이가 한 거짓말 정도는 알 수 있어요. 자크는 옛날부터 솔직하고 거짓말이 서투른 아이였으니까요."

세라가 힘없이 미소 지었다.

"자크가 이 집에 돌아왔을 때, 전 순간 아레스가 돌아온 줄 알았어요. 하지만 그 아이의 상냥하고 슬픈 눈빛을 보고 곧바로 자크라는 걸 알았죠. 그러고는 이렇게 얘기하더군요.

'아레스가 마왕을 쓰러뜨렸다. 하지만 아레스도 마인에 의해 살해당하고 말았다'라고.

그러고는 저에게 저 검을 건네주었어요."

세라는 벽에 걸려 있는 검을 가리켰다.

"그 아이는 울면서 말했어요. '죄송해요, 저만 돌아와서 죄송해요'라고요.

전 '아레스가 마왕을 쓰러뜨렸니?'라고 물었어요. 아마 목소리는 떨렸을 거예요.

그 아이는 말없이 고개를 끄덕였어요.

'넌 지금까지 어디서 뭘 하고 있었니?'라고 물었더니, '왕도에서 일하면서 생활했다'고 대답하더군요. 참 이상했죠."

세라의 눈에서 하염없이 눈물이 쏟아졌다.

"왜냐하면 그 아이는 믿을 수 없을 정도로 훌륭하게 성장해 있었거든요. 몸은 본 적이 없을 정도로 단련되어 있었고 얼굴도 듬직하고 날렵해졌는데, 그 눈빛만은 떠나기 전과 똑같았어요.

아무리 봐도 농가나 상점에서 일하고 있었던 것 같지는 않더라고요. 그저 병사로 일했다고 하더라도 그렇게 되지는 않을 거예요.

그래서 '넌 이제 어쩔 거니?'라고 물었더니 '바로 여행을 떠나겠다'고 하더군요. 저는 가는 것을 원치 않아서 붙잡기 위해 그 아이의 손을 잡았어요.

그랬더니 그 아이의 손이 마치 나무껍질이라도 만지는 것처럼 너무 딱딱한 거예요. 손바닥도 굳은살투성이였어요. 분명 검을 몇만 번이나 휘둘렀겠죠. 거기에 자세히 보니 옷 틈으로 보이는 피부에는 믿기 힘들 정도로 여기저기에 흉터가 가득했어요…….

그걸 보고 저는 깨달았어요. 아아, 이 아이가 마왕을 물리쳤구나, 아레스와 나를 위해 마왕을 쓰러뜨려 줬구나, 라고 말이에요. 그걸 아니까 전 더는 아무 말도 할 수 없었어요. 그 아이가 한 상냥한 거짓말을 듣고도 '거짓말이다'라는 말이 도저히 나오지 않더군요."

셰라의 이야기에 나의 시야가 젖어 들었다. 솔론은 후드로 얼굴을 가린 채였다.

"전 아레스도 자크도 용사가 되기를 바라지 않았어요. 그저 평범하게 자라고, 성장하고, 행복하게 살았으면 했어요. 이제 그걸 아레스에게 바랄 수는 없게 되었지만, 적어도 자크만큼은 행복해졌으면 좋겠어요. 그리고 그 아이의 입에서 제대로 아레스의 최후에 대해 듣고 싶어요. 그것이 어머니로서의 의무니까요. 그러니 알렉시아 공주님, 그 아이를, 자크를 찾아주세요. 이렇게 부탁드릴게요."

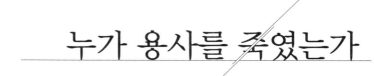

누가 용사를 죽였는가

　로조로프 대산림 전투를 통해 나는 레온, 마리아, 솔론과 파티를 맺게 되었고 정식으로 용사로 인정받았다.

　왕성에 처음 갔을 때는 미묘한 분위기를 느꼈다.

　모든 이들이 '레온 같은 녀석들을 제쳐두고 왜 이런 놈이?'라는 생각을 품었을 것이다. 하지만 나 자신도 같은 생각이었기 때문에 별로 신경 쓰이지는 않았다.

　왕은 나 개인에게는 별로 기대하는 것 같지 않았지만, 결과적으로 우수한 사람들이 모인 나의 파티에는 기대를 하고 있었다. 마왕군과의 전황이 악화일로를 걷고만 있으니 기대를 하지 않을 수가 없었다.

　그러던 중 왕이 나에게 소개한 것이 알렉시아 공주였다.

　"내 딸 알렉시아다. 마왕을 토벌한 날에게는 너를 알렉시아의 사위로 들여 이 나라의 차기 국왕으로 삼겠다."

　처음 그녀를 보았을 때는 '예쁜 아이다'라고 생각했다.

　물결치는 듯한 긴 금발 머리에 보석처럼 아름다운 푸른 눈에서는 총명함이 느껴졌다. 열두 살이라 아직 어린 티는 나지만 마리아와는 다른 눈부신 아름다움을 지니고 있었다.

　"용사님, 마왕을 쓰러뜨리고 세상을 구해 주세요. 저는 당신의 귀환을 기다리고 있겠습니다."

그녀는 최대한의 미소를 지어 보이며 나에게 말했다.

무리를 하고 있구나, 하는 생각이 들었다. 아직 열두 살 된 소녀다. 아무리 관례라고는 해도 6살이나 연상의, 좋아하지도 않는 남자를 결혼 상대로 삼고 싶지는 않을 것이다. 그녀 역시 진짜 마음을 꾹 눌러 죽이고 왕녀라는 역할을 해내고 있었다.

"왕녀님, 약속하겠습니다. 제가 반드시 마왕을 쓰러뜨리겠습니다."

나는 그녀에게만 들리는 목소리로 말했다.

"하지만 이곳으로 돌아오지는 않을 겁니다. 그러니 당신은 좋아하는 사람과 결혼해 주세요."

나는 진짜 용사가 아니었기에 왕녀와 결혼할 수는 없었다. 하물며 왕이 되다니, 분수에 전혀 맞지 않았다.

게다가 눈앞의 이 귀여운 아이는 자신의 미래를 스스로 결정했으면 좋겠다. 그런 선택지를 주고 싶었다.

내 말을 들은 알렉시아 공주는 놀란 얼굴로, 그 커다랗고 푸른 눈동자로 나를 똑바로 응시했다.

그녀의 진심 어린 표정을 볼 수 있었다는 생각이 들어 기뻤다.

이런 아이의 미래를 지키기 위해서도 싸우고 있다, 그렇게 생각하면 비록 가짜 용사라도 앞으로 나아갈 수 있었다.

※ ※ ※

성에서는 환대 파티를 열어 주기도 하고, 파티 전원의 그림을 그려주기도 하며 며칠간 융숭한 대접을 해 주었다. 장비도 실용적이고 좋은 물건을 받았지만, 검만은 바꾸지 않고 유지 보수만 받았다. 나는 끝까지 이 검으로 싸울 생각이었기 때문이다.

성에 있는 동안에는 주로 레온과 검 특훈을 이어갔다. 검 실력은 상당히 향상되었다고는 하나 아직 레온에게는 미치지 못했다.

공격 마법이나 회복 마법을 자잘하게 반복해 끈질기게 버티면서 가까스로 호각의 싸움을 이어갈 수 있었다.

"네 전투 방식은 여전히 졸렬하군."

레온에게서는 그런 평가를 받았지만 그에게 악의는 없었다. 레온도 마물과 싸우는 이상은 그러한 전투 방식도 필요하다는 것을 알고 있는 것이다.

다만 체력과 마력을 동시에 소비하기 때문에 피로가 심했다. 특훈이 끝나자 나는 쓰러지듯 훈련장에 드러누웠다.

"난 먼저 간다."

반면 레온은 아직 여유가 있었다. 전투에서는 호각이었지만 그의 움직임에는 군더더기가 없었고, 체력은 아직 충분히 남아 있었다.

레온이 간 뒤 잠시 쉬면서 체력 회복을 기다리는 사이, 가까이에 누군가가 찾아왔다.

알렉시아 공주였다.

"보고 있었어."

그녀는 처음 만났을 때와는 달리 반말을 사용했다.

"레온이 검을 더 잘 쓰잖아. 나도 검술을 배우고 있어서 알아. 네 싸움 방식은 아름답지도 않고, 뭐랄까…… 보기 흉해."

보이는 그대로 솔직한 왕녀님인 것 같았다. 나도 모르게 쓴웃음이 나왔다.

"음…… 죄송해요. 왕족에게 어떤 말투를 써야 하는지 몰라서요."

나는 예의범절에는 밝지 않다. 귀족 같은 높은 사람들을 대응하는 일은 주로 레온이나 마리아에게 맡기고 있기 때문에 전혀 모른다.

"그냥 말해도 돼. 용사에게 그런 건 기대하지 않으니까."

그녀는 예절에 그다지 신경 쓰지 않는 성격이었다. 다행이라는 생각과 함께 호감도 느껴졌다.

"나는 별로 강하지 않아. 그래서 보기 흉해도, 졸렬해 보여도, 오직 이기는 것만을 목표로 하고 있는 거야."

"용사인데 강하지 않다고? 그걸로 어떻게 마왕을 이길 수 있다는 거야?"

나를 무시하려는 것이 아니라, 어디까지나 정말 궁금한 마음에 물어보는 것 같았다.

"어떻게라…… 여러 가지 방법을 써서?"

"예를 들면?"

"글쎄. 예를 들면 마왕의 성을 태울 수 있다면 불을 질러서 성채를 태워버릴 수도 있지."

"성에 불을 지른다고?!"

알렉시아 공주는 입을 꾹 누르고 믿을 수 없다는 표정을 지었다.

"기름을 쓴다든가, 바람의 세기나 방향 같은 걸 생각해서. 그럴 수 있으면 편하겠지."

"그건 용사가 할 일이 아니야. 비겁한 짓인데? 나도 용사는 암살자와 좀 비슷하다고 생각한 적은 있었지만, 진짜 그런 짓을 하려고 하다니……."

알렉시아 공주는 조금 당황한 모습이었다.

"나는 용사라고 해도 약하니까. 무슨 수를 써서든 마왕을 쓰러뜨려야 해. 마왕을 쓰러뜨리지 않으면 모두가 고통받잖아? 그러니 독이 효과가 있다고 하면 독을 쓸 거고, 이쪽 편이 되어 준다고 하면 마물과도 손을 잡을 수 있어. 설령 무슨 말을 듣게 되더라도 나는 해내야만 하니까."

나는 용사답지도 않고, 실제로 용사도 아니다. 그래서 수단과 방법을 가리지 않고 싸울 생각이었다.

"넌 겉모습뿐만 아니라 내면도 용사 같지 않구나. 그럼 왜 그렇게까지 하는 거야? 여기에 돌아오지 않는다는 건, 다시 말해 왕이 되고 싶은 건 아니라는 뜻이잖아? 그럼 대체 뭐가 목적이야?"

그녀는 이상한 것을 보는 듯한 눈빛으로 나를 바라보았다.

"내 목적은 마왕을 쓰러뜨리는 거야. 그 후의 일은 생각해보지 않았어. 마왕을 쓰러뜨릴 수 있다면 목숨을 바쳐도 좋아. ……아니, 사실은 그렇게 되는 편이 나을지도 몰라."

내가 마왕을 쓰러뜨리고, 서로가 공격을 당해 나 역시 목숨을 잃는다면, 아레스가 용사라는 사실은 아무도 의심하지 않게 될 것이다. 어쩌면 그것이야말로 내가 바라는 미래인지도 모른다.

"안 돼."

알렉시아 공주는 분노로 얼굴을 붉히며 내게 손가락을 내밀었다.

"아레스 슈미트. 대체 무슨 생각을 하는 거야? 용사가 마왕과 함께 죽었다는 말은 들어본 적도 없어. 그런 어두운 용사의 모험담 따위는 있을 수 없다고! 알겠어? 용사의 일은 마왕을 쓰러뜨리고 성에 돌아오는 그 순간까지야."

어쩐지 그 말투가 열두 살짜리 여자 같아서 나는 나도 모르게 웃고 말았다.

"하지만 내가 돌아오면 너는 나랑 결혼해야 하는데? 그렇게 되면 곤란하지 않을까?"

그렇게 말하면서도, 왕성으로 돌아와 이 아이가 아름답게 성장한 모습을 보고 싶다는 생각도 조금 들었다.

"그, 그건 곤란하지만…… 괜찮아! 내가 어떻게든 할게! 그러니까 약속해! 제대로 마왕을 쓰러뜨리고 살아서 돌아오기로! 이건 왕녀가 내리는 명령이야!"

조금 난처한 표정을 지으면서도 그녀는 왕족답게 내게 명령했다. 그 모습이 너무나도 사랑스러웠다.

"알았어. 약속할게. 나는 마왕을 쓰러뜨릴 거야. 그리고 나도 반드시 살아남을게."

나는 일부러 '살아서 돌아온다'는 말을 '살아남는다'고 바꿔 말했다.

"그러니까 알렉시아 공주도 제대로 좋아하는 사람과 결혼해 줘. 난 모두의 행복을 위해 싸우러 가는 거니까. 모처럼 마왕이 사라졌는데, 네가 원치 않는 결혼 같은 건 하지 않았으면 좋겠어."

"……알았어. 네가 약속을 지킨다면, 나도 그 약속을 지킬게."

그녀는 얼굴을 휙 돌리며 표정을 감추고 그렇게 약속했다.

누가 용사를 죽였는가

옥좌실에서 만난 용사는 내 상상과는 전혀 다른 인물이었다.

이상에 걸맞은 숭고한 기사, 그것이 아니더라도 강하고 다부진 모험가 같은 인물을 상상했는데, 그 어느 쪽도 아니었다.

지극히 평범하고 상냥한 사람이었다.

'왜 이 사람이 용사가 된 거지?'

그렇게 생각하고 있던 나에게 그는 말했다.

"왕녀님, 약속하겠습니다. 제가 반드시 마왕을 쓰러뜨리겠습니다.

하지만 이곳으로 돌아오지는 않을 겁니다. 그러니 당신은 좋아하는 사람과 결혼해 주세요."

도무지 무슨 말인지 이해할 수가 없었다.

마왕을 쓰러뜨리고도 이곳으로 돌아오지 않는다는 것은 아무런 대가도 필요하지 않다는 말과 다름없다.

그렇다면 이 사람은 무엇을 위해 싸우는 걸까?

나는 처음으로 아레스 슈미트라는 인간에게 흥미를 느꼈다.

※ ※ ※

아레스가 훈련소에서 모의전을 치르고 있다는 소식을 듣고 몰래 구경하러 갔다.

그곳에서는 아레스와 레온이 싸우고 있었다.

나도 검술을 배우고 있었기에 어느 정도는 알 수 있었는데, 검에 관해서는 레온의 실력이 압도적이었다. 강하고, 빠르고, 세련된 검 기술. 역시 검성이다. 검을 사용하는 자라면 모두가 이상으로 삼을 것 같은 모습이었다.

한편 아레스의 검술은 레온에게 전혀 미치지 못했지만 어떻게든 호각으로 맞서고 있었다. 마법을 함께 사용한 것도 있지만 그의 검 실력 역시 결코 나쁘지는 않았다.

다만 재능은 느껴지지 않았다. 열심히만 하면 누구나 저 정도는 할 수 있게 되지 않을까, 딱 그렇게 느껴질 정도의 실력이었다. 하지만 그런 아레스는 레온이 아무리 공격을 퍼부어도 결코 무너지지 않았다. 화려함은 없었지만 굵은 나무줄기 같은 강인함이 느껴졌다. 그 모습에서 그가 쌓아온 단련의 시간이 느껴졌다.

끈기가 있다고 할까, 포기를 모른다고 할까. '빨리 포기해 버리면 좋을 텐데'라는 생각도 들었지만, 어느새 나는 그를 응원하고 있었다.

결국 그 모의전은 무승부로 끝났다.

레온은 아직 여유가 있었지만 아레스는 쓰러지듯 그 자리에 드러누웠다.

레온이 떠나는 것을 확인한 후 나는 아레스에게 말을 걸었다. '보고 있었어'라고.

※ ※ ※

아레스와 대화를 나눠보고 알게 된 사실은, 그는 정말 마왕만 쓰러뜨리면 그만이라고 생각하고 있다는 점이었다. 왕이 되는 것도, 나와 결혼하는 것에도 관심이 없었다. 심지어는 자신의 생명조차 대수롭지 않게 여기고 있었다.

'정말 괜찮을까?'

살아 돌아온다는 약속은 해 줬지만, 역시 불안했다.

그 후 아레스가 성에 있는 동안에는 이따금씩 상황을 보러 가게 되었다.

그리고 매번 갈 때마다 그는 무슨 훈련을 하고 있었다.

레온과 검 훈련, 마리아와 회복 마법 훈련, 솔론과 공격 마법 훈련, 언제 쉬는지 걱정이 될 정도로 최선을 다했다.

하지만 그 훈련을 보는 성의 사람들은 검 실력도 마법도 대수롭지 않다고 수군댔다. 다들 아레스를 무시하고 있었다.

어째서지? 그렇게 열심히 하는 사람을 나는 단 한 번도 본 적이 없는데.

나도 면학, 검술, 마술 등을 배워 왔지만 그 정도로 노력하지는 못했다.

오히려 '재능이 있다'라는 칭찬을 듣고 이미 많이 배웠으니 조금은 힘을 빼도 좋지 않을까, 그런 생각마저 하고 있었다.

하지만 아레스는 언제나 필사적이었다. 보고 있으면 알 수 있었다. 그에게는 거짓이 없었다.

애초에 그렇게 대단하지도 않은데 마왕을 쓰러뜨리러 간다고 하니, 그것이 더 대단한 일인 것이다.

아레스가 하찮다고 생각된다면 본인들이 가면 그만이다.

"그럼 당신들이 마왕을 쓰러뜨리러 가든가!"

나는 모두에게 그렇게 소리치고 싶었다.

하지만 말하지 못했다. 나 역시 그럴 수 없었기 때문이다.

아무리 검성, 성녀, 현자가 함께 있어도 마왕의 나라에 겨우 네 명에서 간다니, 무서워서 할 수 없다. 다른 사람이 했으면 좋겠다.

우리는 모두 약하고 비겁한 사람들이다. 자신들은 아무것도 하지 않으면서 제멋대로 기대하고, 제멋대로 실망하고, 제멋대로 말을 지껄인다.

그래서 나만큼은 아레스를 응원하기로 했다. 그가 무사히 살아 돌아올 수 있도록 기도하기로 했다.

※ ※ ※

아레스 일행이 떠나는 날이 다가왔다.

그들은 아침 일찍 조용히 성을 벗어났다. 성대하게 배웅하면 마인들이 눈치챌지도 모른다는 것이 그 이유였다. 로조로프 대삼림에서 마인의 습격을 받은 적도 있어 아레스가 조용한 출발을 원했다고 한다.

"겁쟁이 용사가 따로 없네."

누군가가 그렇게 말했다.

겁쟁이인 것이 잘못인가. 용감한 자가 용사가 되었다면 마왕은 이미 물리쳤을 것이다. 게다가 정말로 겁쟁이인 것은 남에게 전부 내맡기고 본인은 아무것도 하지 않는 우리들이 아닌가.

나는 말에 올라탔다.

"좀 멀리 나갔다 올게."

시종들에게 그렇게 말하고 대답을 기다리지 않고 말을 몰았다.

왕도를 조금 벗어났을 때 그들이 타고 있는 마차를 따라잡을 수 있었다.

내 모습을 알아본 마부는 놀라서 마차를 세웠다. 무슨 일이냐며 아레스 일행이 밖으로 나왔다.

"알렉시아 공주······."

아레스가 놀란 표정을 지었다. 레온과 솔론은 흥미로운 표정을 짓고 있었다.

마리아만은 못마땅하다는 얼굴이다. 뭐, 여행길을 막은 셈이니 어쩔 수 없다.

"죽지 마! 마왕 따위는 쓰러뜨리지 못해도 되니까!"

나도 모르게 입에서 나온 말은, 도저히 용사에게 해도 될 말이 아니었다.

"고마워, 알렉시아 공주."

하지만 아레스는 정말 기쁜 얼굴로 환하게 웃었다.

"어쩐지 굉장히 마음이 편해졌어. 그렇게 생각해 주는 사람이

한 사람이라도 있다는 사실에 말이야."

그렇게 말하고 그는 마차로 돌아갔다. 레온 일행도 그 뒤를 따랐다.

이윽고 마차는 다시 달리기 시작했고, 아레스는 마차 안에서 보이지 않을 때까지 손을 흔들어 주었다. 나도 마차가 보이지 않을 때까지 손을 계속 흔들었다.

성으로 돌아온 후, 나는 호된 꾸지람을 들었다.

※ ※ ※

아레스 일행이 떠난 뒤 한동안은 그 동향이 전해져 왔다.

순조롭게 마왕령으로 향하고 있었고, 그 활약은 다른 나라에서도 칭송받았다.

하지만 그들이 여행을 나아가면 갈수록 정보는 점점 줄어들었고, 어느 순간부터는 아무런 정보도 들어오지 않게 되었다.

무사한지 어떤지조차 알 수 없었다.

정보 수집과 지원도 겸해 사람을 보내야 하는 것이 아닌가 생각했지만, '예언자가 이끄는 용사니까 괜찮다'라며 모두가 입을 모아 말했다.

상당히 이기적인 논리였다. 실패하면 예언자 탓을 하면 되는 것인가?

우리도 할 수 있는 일은 해야 하지 않을까?

그들은 대체 누구를 위해 싸우고 있는 것일까?

얼마 전 나는 15살을 맞이하여 팔룸 학원에 들어가게 되었다.

전사반에 들어갔지만 동시에 마법사와 성직자 수업도 들었다.

"왕녀님이 용사 흉내를 내내" "참 특이하신 왕녀님이야" "왕녀님이 미치셨나?" 등등의 말을 들었지만, 내가 할 수 있는 것은 이 정도였다.

아레스와 같은 일을 하고, 그가 도중에 쓰러졌을 때 내가 그를 대신한다.

타인에게 기대만 하고 있는 비겁자가 되고 싶지는 않았다. 나는 이 나라의 왕족이다. 사실은 그런 우리들이야말로 용사가 되어야 했다.

하지만 검과 마법을 동시에 배우는 것은 상상 이상으로 힘들었다.

나에게 마법의 재능은 없었던 것인지 공격 마법도 회복 마법도 전혀 성공하지 못했다. 소문에 의하면 아레스도 1년 넘게 성공하지 못했다고 한다.

그런데, 정말로 괴로웠다. 할 수 있을지 없을지도 모르는 일을 계속하는 것은 생각보다 괴로운 일이었다.

그리고 내가 2학년이 되던 여름, 아레스 일행이 마왕 토벌에 성공했다는 이야기가 온 세상에 퍼졌다.

모두가 입을 모아 아레스 일행을 칭송했다.

"나는 믿었어" "해낼 줄 알았어" "용사님 만세!"라고.

믿었던 것은 사실이겠지. 하지만 그것은 그들을 위해서가 아니라 자신들을 위해서다.

　나는 물론 기뻐했다. 눈물을 흘리며 기뻐했다. 아레스는 드디어 보답을 받았다면서.

※ ※ ※

　그러나 돌아오는 길에 아레스가 죽었다는 소식이 들려왔다. 잠복하고 있던 마인에게 습격당해 그와 싸우다가 함께 죽었다는 것이다.

　그러자 이번에는 그 죽음을 애도하면서도 조금은 안도하는 분위기가 왕국에 흐르기 시작했다. 신분이 높아질수록 그런 경향은 강해졌다. 그중에는 노골적으로 나에게 '다행이네요, 왕녀님' 하고 말하는 이도 있었다.

　뭐가 다행이라는 것인가. 부끄러운 줄도 모르고.

　하지만 나는 알고 있었다. 아레스가 처음부터 돌아올 생각이 없었다는 것을.

　그는 나와의 약속을 지키기 위해 분명 살았을 것이다.

　그것은 돌아온 레온 일행의 얼굴을 보고 확신으로 바뀌었다. 그들은 그다지 슬퍼하지 않았다. 이 성에 머물 때 아레스는 틀림없이 그들과 동료였다. 아레스가 정말로 죽었다면 레온 일행은 그렇게 차분한 얼굴을 하지 못했을 것이다.

　정말이지, 나를 얕봤구나.

나는 이 나라의 왕녀 알렉시아. 나름대로 훌륭한 사람이다.

※ ※ ※

학원을 졸업하고 2년 정도 공무를 한 후, 나는 죽은 용사를 기리기 위해 그 위업을 문헌으로 편찬하는 사업을 시작했다. 아버지는 난색을 표했지만 국내도 안정을 되찾았으니 그 정도는 당연히 해야 한다고 주장했다.

물론 진두지휘하는 것은 나였다.

반드시 찾아낼 것이다.

그때의 약속을 이행하기 위해서.

"셰라의 일은 해결했지만, 자크가 있는 곳은 여전히 모르는데요?"

전이 마법으로 다시 솔론의 저택으로 돌아온 우리는 방에서 마주 보고 있었다.

"아마 이 나라에 그 녀석이 있는 곳을 알고 있는 인간이 딱 한 명 있을 거야."

솔론은 제자가 가져다준 차에 입을 댔다.

"누구죠? 전 용사에 관련된 사람들 대부분을 취재했는데, 애초에 용사의 파티원이었던 당신들보다 더 친했던 사람은 없는 것 같던데요."

"……예언자. 예언자라면 아마 자크의 행선지를 알고 있겠지."

솔론의 대답을 듣고 나는 허망한 기분이 들었다. 예언자라는 것은 정체불명의 수수께끼 같은 인물이다. 초자연적인 존재로, 어떻게 보면 자크 이상으로 찾기 어려웠다.

"예언자가 어디에 있는지 찾는 편이 더 힘들지 않겠어요?"

"아니, 예언자의 정체에 대해서는 짐작 가는 바가 있어."

솔론은 차를 마시며 대답했다.

"정체? 그게 무슨 말이죠?"

"이건 우리가 마왕을 쓰러뜨린 후에 조사하면서 알게 된 건데."

마시고 있던 찻잔을 테이블에 내려놓고, 짐짓 의미심장한 분위기를 잡으며 솔론이 입을 열었다.

"예언자는 아마도 인간 측의 마왕에 해당하는 인물일 거야."

"인간 측의 마왕? ……무슨 뜻인가요?"

나는 그가 하는 말이 도무지 이해가 가지 않았다.

"마왕이란 마물을 다스리는 왕이자 사신과 가장 가까운 권속에 해당하지. 하지만 사신이라고는 해도 인간측에서 봤을 때 그렇다는 것뿐이지, 저쪽에서 보면 이쪽의 신이 사신이 되는 셈이야."

"신이 사신이 된다? 솔론, 지금 왕족 앞에서 위험한 발언을 하고 있다는 건 알고 있나요?"

이 나라의 왕족은 신전과의 결속이 깊다. 괜한 소리를 했다간 대현자라 해도 탄핵당할 수 있었다. 물론 나는 그럴 생각은 없지만.

"상관없어. 요점은 선악이라는 개념은 보는 사람의 위치에 따라 달라진다는 거야. 우리는 마왕을 쓰러뜨리기 위해 긴 여행을 떠났지만, 마물에게도 신념이나 정의라는 것은 존재해. 결국 사람과 마물의 싸움이라는 것은 각자가 신봉하는 신의 대리전쟁 같은 측면이 있다는 거지. 우리들은 그 사실을 여행하는 도중에 몇 번이나 깨달았어."

"……."

솔론이 말하는 내용은 곧바로 동의할 수는 없는 내용이었지만, 나라에서 한 발짝도 나가보지 못했던 자신이 밖에서 계속 싸워온 그의 이야기를 부정할 수는 없었다.

"그래서 총명한 나는 이런 생각을 했지. '마물측에 마왕이 있다면, 인간측에도 마왕에 해당하는 존재가 있지 않을까'라고 말야."

"그게 예언자라는 건가요?"

"그래. 직접적으로 마왕을 쓰러뜨리는 건 용사니까 원래라면 용사가 가장 의심스럽겠지만, 그렇지 않다는 건 우리가 누구보다 잘 알아. 그렇다면 용사를 발견했다는 예언자가 가장 의심스러울 수밖에."

"하고 싶은 말은 대충 알겠는데, 마왕은 그렇게 강한 반면 용사는…… 자크에게는 그런 힘이 없었어요. 예언자도 용사의 존재를 예언할 뿐 아무것도 하지 않았고, 뭔가 균형이 안 맞는 것 같은데요?"

마물은 강하지만 사람은 약하다. 그렇다면 신은 사람에게 더 힘을 실어줘도 좋지 않았을까.

"단순히 신으로서의 권능이 다른 거겠지. 이러니저러니 해도 결국은 이 세계의 대부분은 인간이 지배하고 있잖아. 마물보다 힘에서 뒤처지는 인간이 말이지. 마왕은 그 상황을 일시적으로 뒤집을 순 있지만, 그것이 장기적인 것이 될 수는 없어."

듣고 보니 맞는 말이다. 마왕이 세상의 모든 것을 손에 넣은 적은 단 한 번도 없었다. 그렇게나 강한 마왕이.

"강한 힘은 갖고 있지 않지만, 그런 의미에서는 예언자가 하는 역할은 아주 크지. 구체적으로 무엇을 하고 있는지까지는 나도 알 수 없지만."

"그럼 예언자가 신에 가까운 인물이라는 건가요? 그렇다면…… 마리아? 성녀라고 불리고 있을 만큼 가장 신의 존재를 가깝게 느끼고 있잖아요."

성녀라고 불리는 것치고는 조금 어두운 기운이 느껴지는 마리아라면 예언자라고 해도 납득할 수 있었다.

"아니, 아니야. 그 녀석은 그저 회복 마법이 뛰어난 것뿐이야. 어지간한 성직자들과는 차원이 다른 힘의 소유자이긴 하지만, 그렇다고 신과 가까운가 하면 그렇지는 않아. 개인적으로는 사신 쪽과 더 친화성이 높지 않을까 싶을 정도니까."

솔론은 마리아와 어릴 적부터 알고 지낸 것 같은데, 그에 비해 상당히 신랄한 평가였다.

"게다가 예언자의 활동 기간은 천 년이 넘어. 한 개인이 지속적으로 감당할 수 있는 역할이 아니지. 또 하나 더. 잘 알려지진 않았지만 이 나라에는 신이 두 종류 존재해. 마리아 일단이 섬기고 있고 세계적으로 많은 신도를 거느린 대신(大神), 그리고 토착신. 이 두 신은 백성들 사이에서는 동일하게 여겨지지만 실제로는 다르지. 마치 토착신의 존재를 감추려는 것처럼 일부러 대신과 똑같이 다뤄지고 있어. 그리고 이 나라에 있잖아? 그 토착신을 오래도록 섬겨온 일족이."

그렇게 말하고 솔론은 가만히 나를 쳐다보았다.

"어? 설마 저요? 지금 왕족이 예언자라는 건가요?"

설마 왕족이 의심받을 거라고는 상상도 못 했다.

"맞아. 이 나라의 왕족들은 본래 토착신을 섬기던 무녀에게 뿌리를 둔 채 부자연스러울 정도로 모계를 이어오고 있지. 그리고 무녀의 역할은 반드시 다음 세대의 왕녀에게 계승되어 끊기지 않고 신전에서 기도를 올리고 있어. 그렇다면 아마도 현재 예언자는 지금의 왕비일 거야.”

“말도 안 돼요! 어머님은 상냥하신 분이신 걸요? 예언자 같은 수상한 행동을 벌이실 리가 없다고요!”

나는 기억 속의 어머니를 떠올렸다. 아이인 내가 보기에도 예쁘고 다정하고 훌륭한 여성이었다.

“그 어머니와는 몇 년 동안 못 봤지?”

솔론은 나의 반론을 무시했다.

“……왕태후였던 할머니가 돌아가신 뒤 무녀의 역할을 이어받은 이후부터니까 10년 넘게 뵙지 못했어요. 무녀가 되면 사람과의 접촉이 엄격히 제한된다는 사실은 당신도 잘 알고 있을 텐데요?”

“알지. 하지만 무녀가 신전에서 뭘 하는지는 몰라. 신께 기도를 드린다고 들었는데, 구체적으로는 뭘 하고 있는 거지? 신께 기도를 올리는 것뿐이라면 그게 무슨 의미가 있다고?”

대답하지 못했다. 어머님이 돌아가시면 그다음으로 무녀가 되는 것은 나였지만, 구체적으로 무엇을 하는지는 듣지 못했다.

“모르는군, 역시나.”

솔론은 내 표정을 보고 아무것도 모른다는 사실을 읽어낸 것 같았다.

“이 나라의 신전은 신역이야. 출입이 엄격히 제한되어 설령 왕족이라 해도 쉽게 들어갈 수 없지. 아마도 정보는 철저하게 제한되어 있을 거야. 다음 세대 무녀인 왕녀에게조차 신전에 들어가기 전까지 아무것도 알려주지 않았다는 게 그 증거고. 그렇게까지 해서 숨겨야 할 일이라는 게 대체 뭘까? 예언자가 이 나라에만 나타나고, 이 나라에만 용사가 출현하는 건 어째서지? 그것들을 고찰해 나가다 보면 왕족, 아니 왕비 일족이 예언자라는 건 쉽게 떠올릴 수 있어."

"그럴, 리가……."

쉽게 부정할 수 없었다. 스스로도 부정할 만한 말을 갖고 있지 않았다. 그리고 논하고 있는 상대가 대현자였기에 이 이야기를 단순한 망상이라며 무시할 수도 없었다.

"분명히 말하지. 당신이 왕녀였기에 용사가 자크라는 사실을 은연중에 알린 거야. 왕녀라면 신전에 들어가 자크가 있는 곳을 알아낼 수 있을 거라고 생각했으니까."

그는 처음부터 나를 이용했다는 뜻이었다. 하지만 나도 자크를 찾기 위해 솔론을 이용한 셈이니 그렇게 생각하면 피차일반이었다.

"……어째서 예언자라면 자크가 있는 곳을 알고 있을 거라 생각하는 거죠?"

"예언자와 용사 사이에는 어떠한 연결고리가 있을 거야. 뭔가 이유가 있어서 용사로 지목한 걸 테니까. 실제로 지금까지의 용사들은 왕녀와 결혼해서 이 나라의 왕이 됐지. 이번 케이스만이 유일한 예외고."

반박을 하려고 해도 무슨 말을 해야 할지 알 수 없었다.

"저더러 뭘 하라는 거죠?"

"왕비를 만나러 신전에 가줘. 그것 말고 원하는 건 없어."

※ ※ ※

　신전은 왕성 지하에 있었다.

　성의 지하에 신전을 만든 것이 아니라, 신전이 있던 자리에 성을 만들었다는 말이 맞았다.

　마치 신전을 보호하듯이. 혹은 그 존재를 은닉하듯이.

　신전으로 이어지는 계단을 내려갔다. 대리석으로 만든 새하얀 바닥과 벽이 횃불의 은은한 불빛을 받아 일렁거렸다.

　지나치게 무기질적이고 정돈되어 있어 마치 사람의 출입을 거부하는 것처럼 느껴졌다.

　바닥이 없는 깊은 구멍으로 내려가는 것 같은 착각에 빠져들 무렵, 비로소 신전으로 이어지는 문이 보였다.

　그 문 앞에 흰 옷차림을 하고 얼굴을 베일로 가린 신관 두 명이 있었다.

　신전에 들어갈 수 있는 것은 여성뿐이었기에 두 사람 모두 여관이었고, 허리에는 검을 차고 있었다.

　살아 있지 않은 망령처럼 보여서, 솔직히 오싹했다.

　이들 역시 대대로 신전의 무녀를 섬기는 일족으로, 왕가가 아닌 무녀 일족에게 절대적인 충성을 맹세했다.

　혹독한 훈련을 받은 탓에 그 검술은 기사조차 능가한다고 알려져 있다.

　"어머님께…… 무녀님께 전해 줘. 알렉시아가 왔다고."

　내가 왔음에도 미동도 하지 않는 신관들을 향해 그렇게 말했다.

그러자 신관들이 좌우로 펼쳐지듯 움직이며 문이 저절로 천천히 열리기 시작했다.

"무녀님께 들었습니다. 안으로 드시지요."

어느 쪽이 말했는지는 알 수 없었다. 아니, 둘이 동시에 말했을지도 모른다.

예상과 달리 그녀들은 나를 막을 생각이 없어 보였다. 내가 이곳에 올 거라는 사실을 미리 알고 있는 듯한 태도였다.

문 끝에는 그보다 더 긴 복도가 있었다. 그곳을 빠져나와 한 번더 문을 열자, 동굴로 만든 광활한 공간이 펼쳐지며 도저히 지하처럼 느껴지지 않는 빛이 쏟아져 들어왔다.

가장 먼저 눈에 띈 것은 거대한 여신상. 마치 살아 있는 것처럼 정교하게 조각되어 있었다.

그 여신상 제단 앞에 흰옷으로 몸을 감싼, 조각상처럼 생기 없는 인간이 서 있었다.

"어머님……."

목이 메인 듯한 목소리가 새어 나왔다. 그 모습은 자신의 기억과 겹쳤지만, 누구에게나 사랑받는 화려했던 표정은 사라지고 깊은 허무함만이 남아 있었다.

"알렉시아, 당신이 이곳에 온 이유는 알고 있습니다. 솔론의 의도에 의해 왔다는 것도."

나를 보는 눈은 차가웠고, 말에는 온기가 느껴지지 않았다.

"솔론을 알고 계시는가요?"

이렇게 외계와 격리된 장소에 있는데, 내가 솔론과 접촉했다는 사실을 어떻게 알고 있는 것일까.

"잘 알고 있지요. 그 아이는 지나치게 영리해서 다루기 곤란한 부분이 좀 있었어요."

"그 아이? 어머님은 솔론과 친하셨나요?"

솔론은 어려서부터 신동으로 알려진 인물이었지만 왕가와는 그다지 관련이 없었다.

"당신은 솔론에게 무슨 말을 듣고 이곳에 왔지요?"

어머니는 그 말에는 대답하지 않고 내게 질문을 해 왔다.

"……어머님이 예언자라고 했어요."

"그것은 사실입니다."

얼굴색 하나 바꾸지 않고 그 사실을 선뜻 인정한다.

"네?"

"나는 예언자이자 이 나라의 신과 가장 가까운 권속의 일족. 그리고 당신도 그중 한 명입니다."

현기증과도 비슷한 감각이 엄습했다. 각오는 하고 있었지만 눈앞에서 정말 그런 말을 들으니 충격적이었다.

"……어째서?"

그렇게 돌려주는 것이 고작이었다.

"이것이 우리 일족의 숙명이고, 피할 수 없는 운명입니다. 어쩌면 신의 저주라고도 할 수 있겠군요."

어머니는 스윽 등 뒤의 여신상에 시선을 주었다.

"솔론은 예언자가 어떻게 용사를 이끈다고 하던가요?"

"방법에 대해서는 모른다고……."

"그렇겠지요. 그때도 솔론은 거기까지는 알아내지 못했으니까요.

……좋습니다. 후계자인 당신에게 일족의 비밀을 알려드리겠습니다."

어머니는 입가에 희미한 미소를 지어 보였다. 자기 자신조차 비웃는 것 같은 웃음이었다.

"나는 죽을 수 없습니다."

"네?"

무슨 말을 한 것인지 바로 이해하지 못했다.

"나의 죽음과 동시에 세상은 끝나고, 그 죽음의 원인을 제거할 수 있을 때까지 시간은 되돌아갑니다."

"그게 무슨……."

"당신은 내가 솔론과 친했느냐고 물었지요. 솔론도 예전에는 내가 이끌었던 용사 중 한 명이었습니다. 그 지혜와 마력은 당대 최고 수준이었고, 자크를 제외하면 가장 마왕에 근접했던 용사였습니다. 그가 예언자의 정체를 간파한 것도 그때의 일입니다. 물론 솔론은 그 일을 기억하지 못, 아니, 지금으로서는 처음부터 없었던 일이 되어 버렸지만요."

그때의 일을 회상하듯 어머니는 눈을 감고 말했다. 그 표정에서 슬픔이 느껴진 것은 내 기분 탓이었을까.

"솔론뿐만이 아닙니다. 레온도 마리아도 용사로 이끌었지만, 가는 도중에 쓰러지고 말았습니다. 그들은 확실히 뛰어난 자질을 가진 사람들이었지만, 자신에게만 의지하고 타인을 경시하는 부분이 있어 용사가 되지는 못했습니다. 그 밖에도 몇 명의 용사 후보가 있었지만, 아무도 성공하지 못했습니다.

나는…… 예언자는 용사가 누구인지 알 수 없습니다. 마왕을 쓰러뜨릴 수 있는 인간이 발견될 때까지 영겁의 시간을 반복하는 것뿐이지요."

목소리가 나오지 않았다. 이해할 수는 있어도, 머리가 이해하는 것을 거부하고 있었다.

그렇다면 어머니는, 도대체 몇 번이나 이 시간을 반복했단 말인가?

"한 명의 용사를 이끌고 결말이 날 때까지 십여 년 가까운 세월이 필요합니다. 나는 그 세월을 백 번 이상 반복했습니다."

"그럼 천 년이 넘도록……."

상상을 초월하는 긴 세월이었다. 인간이 그 정도의 시간을 버틸 수 있는 것일까?

"네, 천 년이 넘는 여정 끝에 발견한 것이 자크입니다. 다만 처음에 이끌려고 한 것은 아레스 쪽이었습니다. 먼 마을에 뛰어난 소년이 있다는 사실을 알고, 작은 희망을 갖고 아레스를 이끌었습니다. 아레스는 훌륭한 재능을 가진 소년이었고 난 기대했지만, 왕도에 도달조차 하지 못하고 끝났습니다. 곧바로 자해하여 다시 시작하려 했지만, 어쩐지 아레스와 함께 있던 자크가 신경 쓰였습니다."

"……자해?"

그것은 흘려들을 수 없는 말이었다.

"백 번 이상의 삶을 반복하다 보면 스스로의 죽음 따위는 하찮은 일입니다. 내 첫 번째 죽음은 마물에 의한 것이었습니다. 그때는 왕성이 마왕군에게 공격당해 성안의 인간이 모두 몰살당했습니다. 그 참극을 반복할 바에야 자해를 택하는 것에 망설임은 없었죠."

그렇다면 천 년 동안 몇 번이나 목숨을 끊어 왔다는 말인가. 그렇다면 너무…….

"나를 동정하나요, 알렉시아? 하지만 이미 다 끝난 일입니다. 아무 재능도 없었던, 아무 기대도 하지 않았던 소년이 이 긴 여행을 끝내주었습니다. 마왕을 물리치겠다는 그의 마음은 내가 보아왔던 사람 중 누구보다도 강했고, 어떤 굴욕에도 고난에도 견딜 수 있는 불굴의 정신을 지니고 있었습니다. 그야말로 용사의 이름에 걸맞은 인물이라고 할 수 있었지요."

용사는 예언자가 오랜 시간에 걸쳐 찾아낸 인간이었던 것이다. 거기에 운명이나 기적은 없었다. 결과적으로 마왕을 쓰러뜨린 인간이 그 이름을 갖게 된다. 나는 잠시 멍하니 있다가, 한 가지 궁금했던 것을 물었다. 그것은 어떤 가능성의 이야기였다.

"……어머님, 그…… 아레스가 살아서, 자크가, 아니 자크와 아레스가 힘을 합쳐 마왕을 쓰러뜨릴 수도 있지 않았을까요? 저는 탈리즈 마을에서 아레스의 어머니인 셰라와 만나고 왔어요. 그녀는 아레스를 잃은 것에 무척 슬퍼하고 계셨고요. 그녀는 자크를 키워주신 부모이기도 해요. 저는 그녀가 너무 가여워서……."

듣기로 아레스는 뛰어난 재능을 가진 인물이었다고 한다. 그렇

다면 아레스를 살리고 자크와 함께 마왕을 쓰러뜨린다는 선택지
도 있지 않았을까?

"자크의 강함은 아레스와 그의 어머니인 셰라를 생각하는 비장
한 각오에서 나온 것입니다. 그것이 없었다면 마왕의 토벌은 불
가능했겠죠. 자크가 마왕을 쓰러뜨린 것은 위업이지만, 좁은 바
늘구멍을 통과하는 정도의 희미한 가능성이 쌓아 올린 결과이기
도 합니다. 다시 재현할 수 있다는 보장은 없지요. 그리고 알렉시
아. 당신은 그 가능성을 시험하기 위해 이 어미더러 죽으라는 겁
니까?"

……그런 말이 되고 만다. 확실히 어머니께 거기까지 바라는
것은 가혹한 짓일지도 모른다.

"나는 수없이 많은 비극과 참극을 지켜봐 왔습니다. 그것을 생각
하면 셰라의 슬픔은 흔히 있는 비극 중 하나에 지나지 않습니다."

"하지만 어머님, 아레스를 선택한 건 어머님 아니신가요? 아레
스도 자크도 용사가 되고 싶어 하지 않았어요. 셰라도 원하지 않
았고요."

"그것은 인정합니다. 내가 직접 손을 쓴 것은 아니지만, 내가
선택하고 그 죽음을 외면한 것도 사실입니다. 맞아요.

내가 용사 아레스를 죽였습니다."

자신의 잘못을 인정하는 어머니에게선 그에 대한 아무런 감정
도 동요도 느껴지지 않았다. 내가 아는 어머니는 이런 분이 아니

셨는데.

"하지만 알렉시아, 나도 원해서 예언자가 된 것은 아닙니다. 내가 반복되는 이 시간 속에서 무슨 생각을 했는지 아나요?"

"왕족으로 태어나고 싶지 않았다, 인가요?"

그것은 스스로도 가끔 생각하던 일이었다.

"'어째서, 나의 세대였나?'입니다. 마왕의 침공이 왜 내가 살던 시대에 일어났는가, 그것을 수없이 계속, 계속 원망하고 저주했습니다. 이것이 내 어머니 세대에 일어났다면, 내 자식 세대에 일어났다면. 왜 나만 이렇게 괴로움을 느껴야 하는 걸까. 마왕은 앞으로 백 년은 탄생하지 않을 겁니다. 당신은 이런 일을 겪지 않고 인생을 끝낼 수 있겠죠. 거의 확실히. 난 당신이 밉습니다. 무녀 집안에서 태어났으면서도, 당신은 그 힘을 거의 쓰지 않고 끝날 수 있을 테니까요."

"그런……."

불합리하다. 그렇게 생각하면서도 어머니의 마음을 전혀 이해할 수 없는 것은 아니었다. 그렇게 상냥했던 사람이 이렇게 차가운 얼굴로 변모할 정도로, 천 년의 여행은 힘겹고 험난했을 것이다. 다른 인간에게 떠넘겨버리고 싶을 정도로.

"이제 이해가 됐나요? 나는 당신의 얼굴을 보는 것조차 불쾌합니다. 당신이 이곳에 온 이유는 알고 있습니다. 자크의 위치를 알고 싶은 거겠죠? 그는 아버지의 출신지인 구 마리카국의 레틴 마을에 있습니다. 만나고 싶다면 그곳으로 가도록 하세요."

마리카국은 마왕령 근처에 있던 나라로, 마왕의 침략에 의해 가장 먼저 멸망한 나라였다. 자크의 부모가 목숨을 잃은 곳이기도 했다.

"이야기는 끝입니다. 내가 살아 있는 동안에는 당신의 신전 출입을 금하겠습니다. 당장 이 장소를 떠나세요."

말을 마치자마자 어머니는 눈을 감았다. 더는 할 말이 없다는 듯이.

자신이 그렇게나 미움을 받고 있었다고는 생각하지 못했던 나는 슬픈 마음으로 고개를 숙인 채 문으로 향했다. 하지만, 다시한번 어머니를 돌아보았다.

"어머님!"

나의 부름에도 어머니는 일체의 반응을 보이지 않았다.

"감사합니다! 어머님 덕분에 세상은 구원받았을 수 있었어요! 비록 절 미워하신다 해도, 전 어머님이 정말 자랑스러워요! 그런 강인한 어머님의 딸로 태어나서 다행이라고 생각해요!"

나도 모르게 눈물이 흘러내렸다.

흐릿해지는 시야 속에서 어머니의 표정이 희미하게 움직인 것처럼 보인 것은 나의 지나친 바람일까?

"저는 어머님을 사랑해요! 아마 제가 죽을 때까지 사랑할 거예요! 그것만은 부디 기억해 주세요!"

나는 어머니를 향해 크게 몸을 숙인 뒤, 미련을 느끼면서도 그 자리를 떠났다.

성이 불타고 있다. 수차례 본 광경이었다. 이번에도 또 실패로
끝났다.

나는 그것을 환영을 통해 지하 신전에서 바라보았다.

많은 사람이 죽었다. 다음에야말로 구해내겠다. 몇 번이나 그
렇게 맹세했지만, 그 맹세는 쉽사리 무너져 버렸다. 지금은 허망
함만 더해갈 뿐이다.

'왜 나는 이리도 무력한 것인가?'

이 역시 수도 없이 자신에게 물어본 말이었다.

내가 강했더라면 남에게 맡기지 않고 스스로 마왕을 쓰러뜨릴
수 있었을지도 모른다. 하지만 여자의 몸으로, 게다가 이 나이부
터 몸을 단련한다고 해도 결과는 뻔했다.

실제로 검을 집어보기도 했지만 그 무게 때문에 제대로 휘두르
지도 못했다. 애초에 나는 그렇게 체력이 강한 편도 아니었다.

……알고 있다. 그것도 핑계라는 것을.

딸인 알렉시아처럼 검술과 승마를 즐기는 활발한 사람이었다
면 좀 더 다르지 않았을까 하는 자기혐오에 빠져들었다.

슬프게도 마법적 소양도 없다. 다른 신의 권속이었기에 대신(大
神)의 은총인 회복 마법도 쓸 수 없었다.

왜 우리의 여신은 자신의 권속을 이토록 연약하게 만들었을까.

나는 원망스러운 눈으로 여신상을 올려다보았다.

문 너머에서 굉음이 울렸다. 마왕이 다가온 것이다. 파멸의 때가 코앞이었다.

나는 준비한 독주를 마시고 이 실패한 세계에 작별을 고했다.

※ ※ ※

눈을 떠보니 옆에는 어린 알렉시아가 있었다.

그 작은 몸을 꼭 끌어안았다.

"이제 여덟 살이니까 부끄러워요."

알렉시아는 그렇게 말했지만, 그래도 작은 손으로 부드럽게 안아 주었다.

이 아이를 향한 사랑을 양식 삼아 나는 언제나 세계를 다시 시작했다. 그렇지 않았다면 진작 세계 따위는 포기했을 것이다.

하지만 내가 할 수 있는 것은 누군가에게 기생하는 것뿐이었다.

예언자란 선택한 상대에게 자신의 환영을 그림자처럼 붙이고 그 장래를 지켜보기만 할 수 있는 존재.

거짓된 모습을 보여줄 수는 있다. 말을 전해 줄 수도 있다. 하지만 내가 실제로 싸울 수는 없었다.

물론 지금까지 얻은 지식은 제공했다. 미래의 정보, 마물들의 약점, 비교적 안전한 길, 필요한 물자 등, 아무런 도움이 되지 않는 것은 아니지만 목숨을 걸고 싸우는 그들에 비하면 아무것도 하지 않는 것이나 다름없다.

그리고 당연한 이야기지만, 내가 지명한다고 해서 그 인물이 반드시 용사가 되어 주는 것도 아니다. 거절하는 사람도 당연히 나온다.

'그런 일은 하고 싶지 않다. 민폐다'라면서.

나는 그것을 탓할 수 없다. 하기 싫은 것은 당연하다.

내가 이끌어 온 용사들은 모두 제명에 죽지 못했다. 용사가 된다고 해서 그들이 무슨 힘을 얻는 것도 아니다.

'예언자'라는 허상으로 용사라는 명예를 부여하고, 그들에게 마왕을 물리치겠다는 숙명을 강제로 떠넘기는 것뿐이다.

이 끔찍한 힘이 처음 발동한 것은 마왕군이 이 성을 공격해 함락시키고, 마왕 스스로가 결계를 깨고 신전에 왔을 때였다.

마왕은 눈앞에서 알렉시아의 목숨을 앗아간 뒤 나를 죽였다.

다가오는 자신의 죽음보다 알렉시아가 죽었다는 사실에 더 큰 충격을 받았던 기억이 난다.

다음에 눈을 떴을 때는 10년 전의 세계로 돌아와 있었다. 나는 옆에 있던 어린 알렉시아를 끌어안고 펑펑 울었다. 알렉시아는 무슨 일이 일어났는지 모른 채 낑낑거리다가 작은 손으로 다정하게 나를 안아 주었다.

다시는 이 아이를 죽게 하지 않겠다고 마음속으로 맹세했다.

자신에게 일어난 일은 이해할 수 있었다. 어머니에게 무녀의 역할을 이어받았을 때 힘과 함께 역대 무녀들의 기록도 이어받았기 때문이다.

『세계편찬』

이 나라의 신이 자신의 권속인 무녀의 일족을 영속시키기 위해, 그리고 마왕에게 대항하기 위해 내어준, 세계를 개변하는 강력한 능력.

무녀는 수명 외의 일로는 죽지 않으며, 다른 요인으로 죽었을 때에만 능력이 발동한다.

그리고 시간은 그 죽음의 원인을 제거할 수 있는 시점까지 알아서 되돌아간다. 신만이 안다, 라는 뜻일까.

힘은 마왕과의 싸움뿐만 아니라 다양한 상황에서 활용되어 왔다.

가신의 반란, 배우자인 왕의 배신, 암살 등 평소에 발동된 사례는 많다.

다만 그것의 경우 여러 차례의 『세계편찬』이 필요하지는 않았다.

마왕과의 싸움일 때에만 몇 번이고 반복하게 된다.

가장 처음 『세계편찬』에서 한 일은 마왕군에 대항할 연합군의 결성이었다. 용사라는 개인에게 의지하기보단 나라를 움직이는 편이 마왕을 더 빨리 무너뜨릴 수 있다고 생각했기 때문이다.

남편인 국왕을 설득하고, 주변 각국도 설득하여 보다 빠르게 마왕군에 대한 대비를 해나갔다. 침공 루트나 공격 패턴도 첫 번째 경험으로 알고 있었으니 만반의 방위 태세를 갖출 수 있었다.

그 덕분에 연합군은 선전하여 마왕군을 물리치는 데 성공했다.

하지만 몇 번을 격퇴해도 마왕군은 또다시 공격해 왔다. 활성

화된 마물들을 산하에 배치하여 전력을 보강하고 끊임없이 공격을 반복해 왔다. 그러는 사이에 연합군은 점점 피폐해졌고, 전선에 있던 나라가 쓰러지자 연합군은 순식간에 붕괴하며 곧 두 번째 죽음이 찾아왔다.

두 번째 『세계편찬』에서는 연합군이 공세에 나서면 어떨까 고민했다. 지키는 것만으로는 결말이 나지 않으니 적의 본거지를 급습할 필요성을 절감한 것이다.

하지만 이는 정치적으로 잘 풀리지 않았다. 멀리 떨어진 마왕령으로 원정을 떠나려면 막대한 예산이 필요했다. 이긴다고 해도 영토적, 금전적 이점은 거의 없었다. 더군다나 아직 당시에 마왕군은 직접적인 위협이 아니었다. 원정안은 결국 좌절되었고, 그러다가 마왕군의 침략을 허락하게 되었다.

왕국을 침공하는 마왕군을 보고 나는 독을 들었다.

결국 세 번째 이후의 『세계편찬』에서는 전통대로 용사를 찾게 되었다. 나라가 움직이지 않는다면 소수정예로 마왕을 무너뜨릴 수밖에 없었다. 다행히 젊은 세대에는 우수한 인재들이 많았다. 검성 레온, 성녀 마리아, 현자 솔론에게 특히 큰 기대를 걸었다.

그중에서도 레온은 집안, 실력 모두 나무랄 데 없는 용사 후보의 필두였다.

하지만 실제로 마왕령에 보내 보니 어설프게 고귀한 가문에서 자란 탓에 모험가 같은 여행에 익숙해지지 못했고, 허점을 찌른 마인들의 공격——지켜야 하는 인간이 역으로 공격해 오는 등의——에도 빠르게 대처하지 못했다.

결국 그는 여행을 시작한 지 3개월 정도 만에 목숨을 잃고 말았다.

다음 후보는 마리아였다. 성직자를 용사로 만드는 것에 망설임은 있었지만, 그녀는 좋은 의미에서 성격이 나쁘고 인심을 장악하는 것에도 능숙했다.

마리아는 기대했던 대로 순조롭게 여행을 진행했다. 동료들을 잘 이용해 마인의 공격에 대처하는 것을 넘어서 그들의 허점을 찌르기까지 했다. 하지만 그녀의 파티는 동료들을 진심으로 믿지 못하면서 서서히 균열이 가기 시작했다. 그리고 강력한 마인을 상대했을 때 파티는 무너졌고, 그녀는 1년 정도 만에 목숨을 잃고 말았다.

세 번째 후보가 솔론이었다. 그는 모난 성격을 갖고 있어 레온이나 마리아와 비교하면 성공할 가능성이 낮아 보였지만, 마력과 지략이 뛰어났다. 그에게 지금까지의 경험을 통해 얻은 정보를 내어주자, 그것을 충분히 살려서 마왕령 깊은 곳까지 침입하여 무려 마왕과 대치하는 상황까지 갈 수 있었다.

하지만 마왕과의 힘의 차이는 압도적이었고, 마지막은 절망 속에 죽어 갔다.

그 후에는 같은 사람을 이끌어 더 좋은 결과를 얻고자 한 적도 있었고, 전혀 다른 사람을 이끌어본 적도 있었다. 레온, 마리아, 솔론을 같은 파티로 만든 적도 있었지만 서로 반목할 뿐 썩 좋은 결과는 나오지 않았다.

이러한 시행착오를 수도 없이 반복해 가는 사이에 나의 정신은 서서히 마모되었다. 사람의 죽음을 아무렇지 않게 생각하게 되었고, 나 자신의 죽음도 쉽게 받아들이게 되었다.

'어차피 다시 시작할 수 있을 테니까'라고 생각하면서.

지금까지의 용사들은 왕도의 사람들뿐이었지만, 그것으로는 충분하지 않아 지방의 인재에도 눈을 돌리게 되었다.

이번 후보는 아레스라는 소년이다.

지난번 『세계편찬』에서 그에 대한 이야기를 들었다. 탈리즈 마을이라는 변방 마을에 검과 마법이 뛰어난 청년이 있다는 소문이었다. 그 마을 사람들은 그의 활약으로 마왕군에게서 도망칠 수 있었다고 한다. 꽤 가능성이 있지 않을까 생각했다.

나는 예언자의 환영을 탈리즈 마을로 보내기로 했다. 환영은 대상인 인간의 그림자가 되어 이동시킬 수 있었다. 나는 그 환영을 사람에게서 사람으로 옮겨가며 최종적으로 용사가 될 인물의 그림자로 만들었다.

다만 곤란하게도 탈리즈 마을로 향하려는 인간이 한 명도 없었다. 직행 통행로가 마물의 출몰로 인해 상당히 위험한 상태로 변했기 때문이었다. 하지만 이번에는 아레스를 택하기로 결심했던 나는 예언자의 환영을 해방했다.

※ ※ ※

결국 탈리즈 마을에 도착하기까지 1년 가까운 시간을 써버리고 말았다. 상당히 돌고 돌아 마지막은 봇짐장수의 그림자가 되어 겨우 도착할 수 있었다.

현재 아레스의 나이는 아마도 십대 중반 정도일까. 밤색 머리에 갈색 눈동자. 그 나이에 비해서는 잘 단련된 몸을 갖고 있었다. 매우 영리한 얼굴을 하고 있었고, 다른 마을 사람들과는 확실히 다른 분위기를 지니고 있었다.

나는 곧바로 그를 관찰하기 시작했다.

집안일을 도우면서도 아침저녁으로 검을 연습했고, 비가 오면 마도서를 읽고, 정기적으로 교회 신부와 만나 신의 기적에 대해 배우고 있었다. 주위와의 관계성도 좋다.

이상적인 인물이라고 할 수 있었다.

검의 실력은 레온에게 미치지 못했고, 마법 역시 마리아나 솔론과 비교할 수 없었지만, 그 뛰어난 지성과 유연한 사고력은 마왕 토벌에 있어서 가장 중요한 요소라고 생각했다.

나는 아레스를 용사로 만들기로 결정했다.

용사로 삼는 것에 직접적인 효과는 없지만, 본인이 자각하고 주위가 기대함으로써 더욱 단련에 힘쓰거나 금전이나 장비가 쉽게 모인다는 간접적인 효과는 있었다.

나는 마을 사람들이 모인 집회에서 환영을 실체화시켜 고했다.

'이 마을에서 마왕을 물리칠 용사가 나타난다'고.

마을 사람들은 환희했다. 역시 아레스는 용사였다고. 그리고 모두가 일제히 그를 바라보았다. 하지만 그는⋯⋯ 창백하게 질려 있었다.

'아아, 이 아이는 정말 영리하구나.'

나는 가슴에 통증이 이는 것을 느꼈다.

아레스는 용사라는 것의 본질을 이해하고 있었던 것이다. 그 힘들고 지난한 역할의 의미를.

그러나 그 옆에 있던 아레스의 사촌인 자크가 내 쪽을 똑바로 바라보고 있었다. 마치 자신이야말로 용사라는 듯이.

솔직히 말하면 자크는 대단한 아이가 아니었다. 언제나 아레스와 행동을 같이 했고, 검의 연습 상대나 마술 공부 등을 함께 했지만, 그 어느 것도 아레스에겐 미치지 못했다.

용사가 될 수 없는 아이였다. 다만 그 눈은 강하게 인상에 남았다.

아레스도 자크에게 시선을 돌린 후에는 침착함을 되찾고 마을 사람들의 축복을 조용히 받아들였다.

그는 집으로 돌아온 뒤 부모님과 상의를 하고 왕도로 향하겠다는 결정을 내렸다. 그것은 내가 원하던 대로의 전개였다. 왕도에서 한층 더 갈고닦아 실력을 높이고, 동료를 모아 파티를 짠다. 모든 것은 마왕 토벌에 필요한 것이었다.

하지만 용사가 된 뒤 밤잠을 설치고 칼을 휘두르는 아레스의 모습은 비장했다.

아레스의 어머니인 셰라가 아들을 생각하며 우는 모습은 같은 엄마로서 아플 정도로 이해할 수 있었다. 설사 그것이 자신이 자초한 일이라 할지라도.

준비를 마친 후, 아레스는 자크를 데리고 여행을 떠났다.

그리고…… 그 길에서 목숨을 잃었다. 마인이 기다리고 있을 줄은 나도 전혀 예상하지 못했던 일이었다.

너무 이른 죽음이었다.

"이번에도 헛되이 끝났구나."

나는 바로 죽으려고 마음먹었다. 아레스에게는 가망이 있었다.

죽었다고는 하지만, 그 젊은 나이에 마인과 대등하게 싸울 수 있는 사람은 그렇게 많지 않았다.

이번 비극만 회피하면 아직 기대해 볼 수 있지 않을까 생각했다.

하지만 나는 어쩐지 아레스와 함께 여행을 하고 있던 자크가 마음에 걸렸다. 아무런 재능도 능력도 없는 소년이.

나는 환영을 자크에게 옮긴 뒤 그의 앞날을 지켜보기로 했다.

※ ※ ※

자크는 아레스의 이름을 써서 팔룸 학원에 들어가 용사가 되기 위한 노력을 이어갔다. 아무리 결과가 나오지 않아도, 아무리 노력이 보답받지 못해도 계속 나아가는 그의 모습에 나는 내 모습을 겹쳐 보았다.

레온과 대적할 수 없음에도 묵묵히 검을 휘둘렀다. 마리아에게 불합리한 시련을 받으면서도 신의 기적에 눈을 떴다. 솔론과 함께한 오랜 특훈 끝에 마법 능력을 얻었다.

모두 일류라고 하기엔 거리가 멀었지만, 자크는 그렇게 작은 기적을 쌓아 올렸다.

그리고 깨닫고 보니 그가 용사가 되어 있었다. 내가 이끈 것은 아니었다. 그는 자신의 힘으로 그 칭호를 쟁취한 것이다.

다른 어떤 용사보다 약하고, 꼴사납고, 진흙투성이인 용사.

※ ※ ※

자크는 레온, 마리아, 솔론과 파티를 짜고 마왕 토벌 여행을 떠났다.

그리고 파티를 훌륭하게 이끌었다. 그들을 잘 써먹으려 한 것이 아닌, 개개인의 좋은 점을 최대한 끌어내려 했다.

나도 일이 있을 때마다 자신이 알고 있는 정보를 자크에게 주었고, 그는 수많은 고난과 역경을 극복해 나갔다.

"자크라면 마왕을 쓰러뜨릴 수 있지 않을까?"

내 속에서 그를 향한 기대감이 높아졌다. 그러나 동시에 하나의 갈등도 생겼다.

아레스였다. 자크가 싸우는 것은 아레스를 위한 것이었고, 아레스의 자리를 대신하기 위해 몸을 바친 것이었기 때문이다. 그것은 내가 제일 잘 알고 있었다.

하지만 이대로 마왕을 쓰러뜨려 버리면, 아레스가 죽은 채 세계는 흘러가고 만다.

한참을 망설이던 나는 결국 자크에게 이야기했다. 마왕의 성까지 이제 한 걸음을 남겨뒀을 때였다.

"만약 아레스가 살아 있는 세계로 돌아갈 수 있다면 어쩔래?"

자크가 눈을 크게 떴다.

"돌아가? 살아나는 게 아니라?"

"살아나지는 않아. 죽기 전으로 돌아가 다시 시작할 뿐이야."

"기억은?"

"남지 않아. 나만이 기억하고 있어. 다만 아레스가 죽지 않도록 이끌어줄 수는 있어."

자크는 나를 바라보고 잠시 침묵한 후, 입을 열었다.

"마왕은 어떻게 돼? 이제 조금 남았는데, 다시 이곳까지 올 수 있을까?"

"……모르겠어."

나는 솔직하게 대답했다. 여기까지 올 수 있었던 것이 기적이나 다름없는 일이었기에, 똑같이 재현할 자신은 없었다.

"그럼 됐어."

"뭐?"

"다시 시작하는 건 힘들잖아? 나도 '인생을 다시 시작하라'고 해도 못 해. 이제 그런 힘든 일은 하고 싶지 않아."

그는 웃으며 말했다.

"하지만 이대로는 아레스가……."

"아레스 일은 안타깝고, 물론 살아날 수 있다면 그랬으면 좋겠지만, 그 대신 지금까지의 일이 모두 없었던 일이 되어 버린다면, 그건 아닌 것 같아. 나만 그런 게 아니야. 모두의 고생이 헛수고가 되고 말아. 그러니까, 나는 이대로 가겠어."

"……괜찮겠어?"

"그래, 이건 내가 선택한 일이야. 나는 아레스를 죽게 놔둘 거야.

내가 아레스를 죽인 거야.

그러니까 그렇게 괴로운 얼굴은 하지 않아도 돼."

얼굴? 무녀의 힘에 의해 신전에서 마왕령으로 투영된 나의 모습은 환영일 뿐, 남녀노소의 구별조차 되지 않았다. 표정 따위는 알 수 있을 리가 없다. 나는 항상 신전에서 보고만 있을 뿐 아무것도 할 수 없는 존재였다.

"나에 대해서 네가 어떻게 안다고."

"어쩐지 알 것 같아. 분위기라고 할까? 셰라 씨와 좀 닮았다는 느낌이 들었어. 그래서 상냥한 엄마 같은 사람이 아닐까 멋대로 생각했지."

셰라…… 아레스의 어머니다. 그녀는 아들이 용사가 되는 것을 반기지 않았다. 그것은 당연하다. 나도 내 딸을 용사로 만들고 싶지는 않다. 이런 가혹하고 위험한 여행에 자신의 아이를 보내고 싶은 부모는 없을 것이다. 하지만 나는 다른 사람의 아이에게 그것을 강요했고, 그 결과 아레스를 죽게 하고 말았다.

"나는…… 상냥하지 않아."

"그래? 나는 그렇게 생각 안 하는데. 예언자의 목적은 마왕을 쓰러뜨리는 거잖아?

그런데 앞으로 한 걸음이면 그것을 이룰 수 있을지도 모르는데, 다시 시작하자는 제안을 해 왔어. 상냥하지 않으면 할 수 없지."

"……."

"하지만 만약 내가 마왕을 쓰러뜨리지 못하고 죽는다면, 만약 내가 다시 시작하게 된다면, 다음에는 여행을 떠나기 전에 마법을 사용할 수 있게 이끌어줬으면 좋겠어. 나는 매사에 서툴러서 배우게 하기 정말 힘들겠지만, 꼭 좀 부탁할게. 그렇다면 이번에야말로 나는 아레스의 동료로서, 그 녀석을 죽게 놔두지 않고 함께 여행을 할 수 있을 거라고 생각해."

자크는 농담이라도 던지듯 자신의 후회를, 진정한 소원을 말하며 대화를 마무리 짓고는 그 자리를 떠났다.

그 후, 자크 일행은 장렬한 사투 끝에 마왕을 쓰러뜨렸고, 나의 천 년에 걸친 여행은 끝을 고했다.

※ ※ ※

드디어 기나긴 윤회에서 해방된 나는 환희에 떨었다. 드디어 끝을 맞이할 수 있다, 사람으로서 죽을 수 있다, 라고.

하지만 그 기쁨도 잠시, 잠에서 깨는 순간 사라졌다.

"죽은 사람들은 더는 돌아오지 않아."

아레스뿐만이 아니다. 더 많은 사람이 나의 선택으로 인해 죽었다.

최초의『세계편찬』때는 더 많은 사람이 살아날 수 있도록 노력했었는데, 언제부턴가 나는 그것을 소홀히 하게 되었다. '어차피 소용없다, 어차피 의미 없는 일이다'라면서.

하지만 이번에는 마왕을 쓰러뜨리는 데 성공하고 말았다. 원래라면 더 많은 인간을 도울 수 있었을 텐데.

그 후로는 계속 스스로를 책망했다. 더 빨리 자신의 목숨이 다했으면 좋겠다고, 그것만을 바랐다.

※ ※ ※

몇 년 만에 죽음을 염원하는 내 앞에 나타난 것이 알렉시아였다.

신전을 수호하는 신관들과의 긴 입씨름 끝에 반강제로 성역에 들이닥쳤다.

아무래도 딸은 솔론의 부추김에 자크의 소재를 묻기 위해 이곳에 온 것 같았다.

확실히 예언자의 환영은 지금도 자크의 그림자로 남아 있었다.

하지만.

'한심한 딸 같으니.'

나의 고뇌도, 자크의 마음도, 무엇 하나 알지 못하고 흥미 따위로 신역에 들어오다니.

내 마음에 검은 감정이 고개를 쳐들었다. 알렉시아에게 모든 것을 알려준 뒤 자살하기 위해 쓰던 독술을 권했다.

"당신도 무녀의 일족이라면 그 각오를 보이도록 하세요. 죽음의 공포를 이겨낼 수 있다면 자크가 있는 곳을 알려드리죠."

단순한 협박이었다. 그렇게 말하면 철없는 딸이 돌아갈 줄 알았다.

하지만 알렉시아는,

"알겠습니다, 어머님."

그렇게 말하고 독주를 들이켰다.

그리고 나를 바라보며, 괴로워하는 표정 하나 짓지 않고 부드러운 미소를 남기고 죽어갔다.

알렉시아의 죽음을 눈앞에서 바라보며, 나는 내가 무엇을 위해 『세계편찬』을 해왔는지 기억해냈다.

이 아이를 구하고 싶어서, 나는 몇 번이나 죽음을 넘어온 것이 아닌가.

이 아이는 이 아이만의 각오가 있어서 이곳에 온 것이었다. 그것을 나는 나의 우울한 마음의 배출구로 삼아 버린 것이다.

나는 단검으로 스스로의 목을 찔렀고, 알렉시아의 몸에 겹치듯이 쓰러지며 마지막 『세계편찬』을 진행했다.

다시 의식을 되찾았을 때, 마왕을 쓰러뜨리기 전의 시간대로 돌아오지 않았다는 사실에 조금의 안도감과 죄책감을 느꼈다.

아무래도 알렉시아가 오기 하루 전으로 돌아온 모양이었다.

나는 신관들에게 알렉시아가 오면 들여보내라는 지시를 내리고 두 번째 딸의 방문을 기다렸다.

※ ※ ※

문이 닫히는 소리를 듣고서야 눈을 뜨고 알렉시아가 떠난 것을 확인했다.

성역에 정적이 돌아왔다.

"고맙구나, 알렉시아. 사랑스러운 내 딸."

무엇을 하든, 무엇을 벌이든, 되풀이할 때마다 모두가 그것을 잊어버리는 외로운 여행이었다.

보상받을 것이라고는 아무것도 없고, 나의 인도 때문에, 나의 선택 때문에 죽어가는 이들을 계속 봐야 하는 괴로운 여행이었다.

고맙다는 말 같은 건 들은 적도 없는, 저주받은 역할이라고 생각했다.

"하지만 사실은 누군가에게 듣고 싶었어……."

알렉시아의 말이 가슴 깊이 파고들었다.

더 이상 다리에 힘이 들어가지 않아 제단에 몸을 기대고, 기쁨과 슬픔이 뒤섞인 눈물을 흘렸다.

이제 두 번 다시 그 아이와 만날 일은 없을 것이다.

그것이 자기 자신에게 내린 유일한 속죄였다.

누가 용사를 죽였는가

2년 정도 여행을 한 후, 나는 멸망한 마리카국이 있던 장소에 와 있었다. 아버지의 고향인 레틴 마을이 내 여행의 최종 목적지였다.

마리카국은 마왕령과 가장 가까운 나라였기 때문에 마왕을 쓰러뜨린 지 2년이 넘었음에도 여전히 황폐했고 인기척은 거의 없었다.

'가봐야 아무것도 없을지도 모르겠네.'

죽은 아버지는 레틴 마을에 있는 할아버지에게 나를 보여주고 싶다고 늘 말씀하셨었다. 그래서 여기까지 온 것인데, 이 모습을 보면 마을 자체가 없어졌을 가능성도 있었다.

아버지도 어머니도 없고, 할아버지도 없다면 대체 나는 어디로 가야 하는 것일까.

아레스를 대신해 마왕을 쓰러뜨리기 위해 살아왔다.

그것을 이루고 난 후, 솔직히 무엇을 해야 할지 알 수 없었다. 여행을 하면서 모험가 흉내를 내며 지내왔다. 마을이나 도시의 재건을 돕기도 하고, 부탁을 받아 마물을 쓰러뜨리기도 했다. 타인에게 감사를 받으니 아주 조금 무언가가 채워지는 기분이었다.

내 인생은 매번 때를 맞추지 못했다. 아빠와 엄마를 구하러 가고 싶었지만 아이였던 나에게는 아무런 힘이 없었다. 아레스와 함께 검이나 마법 연습을 했지만 전혀 몸에 익히지 못했다. 아버지의 자식인데 검을 잘 다루지 못했다. 엄마의 아이인데 마법을 쓰지 못했다.

그래서 용사가 된 아레스에게 힘이 되어주지 못했다. 그의 죽음을 방관하고 말았다.

아레스가 되어 팔룸 학원에 들어가서 필사적으로 검기나 마법을 익히긴 했지만, 그것도 대단한 것은 아니었다. 그것은 내가 제일 잘 알았다.

열심히 노력해 용사가 됐지만 마왕을 쓰러뜨릴 수 있었던 것은 레온과 마리아, 솔론이 있어준 덕분이다. 결코, 나의 힘이 아니다.

예언자에게 부탁하면, 어쩌면 아레스가 살았을 세계도 있었을지도 모른다.

하지만 그것만은 하지 못했다. 그것만은 해서는 안 된다는 생각이 들었다.

내 인생은 잘 풀리지 않는 일들로 가득했고, 돕고 싶었던 사람은 그 누구도 도울 수 없었지만, 그래도 최선을 다해 살아왔다. 내가 해 온 일을 없었던 일로는, 거짓으로 만드는 짓은 하고 싶지 않았다.

하지만…… 결국 나에게 남은 것은 아무것도 없다. 자크로 돌아와 세 명의 친구와도 헤어져 혼자 여행을 하는 것에는 허무함만 남았다.

알렉시아 공주를 만나고 싶다는 생각이 들었다. 그녀는 나에게

'죽지 마! 마왕 따위 쓰러뜨리지 못해도 되니까!'라고 말해주었다. 그 말은 정말 기뻤다. 나를 용사가 아닌 한 사람의 인간으로서 걱정해 주었기 때문이다. 아레스라는 용사가 아니라, 나를 바라봐 주고 있었다.

그렇다고 해서 왕도로 돌아갈 수는 없었다. 돌아가면 모든 것이 엉망이 되어 버릴 테니까.

※ ※ ※

다른 나라로 도피한 마리카국 사람들에게 물어물어 만든 지도에 의하면 레틴 마을이 있던 자리에 거의 도착할 시점이었다. 마을이 남아 있을 때의 이야기지만.

먼 하늘에 하얀 연기가 보였다. 누군가 사람이 있다. 걷는 다리에 조금 힘이 들어갔다.

그렇게 앞으로 나아간 곳에 마을 같은 것이 있었다. 세워진 집은 너덜너덜했지만 사람이 있었다.

내가 그대로 걸어가자 마을 쪽에서 한 노인이 다가왔다. 옷차림은 그리 깔끔하지 않았다. 생활의 어려움이 엿보였다.

"나는 이곳 레틴의 촌장일세. 혹시 빈스의 친족인가?"

노인이 말했다. 빈스는 우리 할아버지의 이름이다.

"손자인 자크라고 합니다. 아버지는 루크입니다."

"루크…… 그립군. 그 녀석은 잘 지내나?"

"마왕군과 싸우다 돌아가셨습니다."

"그런가……."

노인은 눈을 감고 조금 고개를 숙였다. 죽은 자에게 애도를 바치듯이.

"이 마을에서도 많은 사람이 죽었어. 빈스도 말이지."

역시 할아버지는 돌아가신 것 같다. 기대는 안 했지만 그래도 조금 충격이었다.

"자네는 빈스와 무척 닮았어. 그래서 알았지. 이리 오거라. 무덤으로 안내해 주마."

그렇게 말하고 노인은 걷기 시작했다. 나도 그 뒤를 따랐다.

도중에 몇몇 마을 사람과 만났는데, 노인이 '빈스의 손자다'라고 설명하니 모두가 악수를 청해왔다.

'너희 할아버지께 도움을 받았다'면서.

안내를 받은 곳은 마을과는 좀 떨어진 다 쓰러져가는 집이었다. 산에 가깝고 조금 높은 곳에 있어 레틴 마을이 한눈에 내려다보였다. 그 옆에 작은 비석이 있었다.

"빈스가 살던 집이다. 루크도 여기서 태어났지. 이 비석은 내가 이 마을에 돌아왔을 때 가장 먼저 만든 거야. 시신은 여기에 없어. 그저 위안 삼아 해 놓은 거지."

노인은 가슴 앞에 손을 모으고 기도했다. 나도 그를 따라했다.

"할아버지는 어떤 분이셨나요?"

아버지께는 '세계에서 가장 존경하는 분'이라고 들었다. 마을 사람들의 모습에서도 훌륭한 분이었음을 짐작할 수 있었다.

"매사에 서투른 녀석이었다."

노인은 웃었다. 뜻밖의 대답이었다.

"나와 빈스는 소꿉친구였어. 어렸을 때부터 같이 놀았는데, 뭘 하든 내가 더 잘했고 그 녀석은 늘 못했지."

마치 나와 아레스의 이야기를 듣는 것 같았다.

"하지만 마지막에는 내가 빈스에게 졌어. 나는 잘하게 되면 더 이상 하지 않았지만, 그 녀석은 할 수 있을 때까지 집념 있게 계속했으니까 확실히 몸에 익힐 수 있었지. 단순한 재주만으로는 그런 녀석에게 못 당해."

노인이 기쁜 얼굴로 말했다. 어쩐지 내가 칭찬을 받은 것 같은 기분이 들었다.

"할아버지는 사냥꾼을 하셨다고 들었어요. 다만 모험가 같은 것도 하셨다고."

어렸을 때 아버지에게 단편적으로 들었던 이야기다.

"그놈은 사냥꾼 집안에서 태어나 사냥꾼이 됐지. 사냥을 처음 시작했을 때는 완전 형편없어서 아버지에게 자주 혼났어."

"그것도 집념 있게 계속했나요?"

"집념 수준이 아니었어. 그 녀석은 사냥감을 잡을 때까지 산에 틀어박혀서는 돌아오지 않았다. 하루 이틀 이야기가 아니야. 며칠이 넘도록 그랬어. 아버지마저 걱정이 돼서 도로 데리러 갔을 정도야. 그 정도로 시간을 들였는데도 사냥감을 잡지 못한 것도 놀라웠지만, 그 인내심도 아마 세계 제일이 아닐까 생각했지."

뭔가 조금 웃음이 나왔다. 나는 할아버지를 닮았을지도 모르 겠다.

"조만간 사냥도 할 수 있게 됐고 아내도 얻었다. 아내는 일찍 죽었지만 얼굴도 곱고 뭐든 다 잘하는 사람이었지. 루크는 아내 쪽을 닮았어. 그럼에도 루크는 빈스를 잘 따랐다."

할머니의 이야기는 거의 몰랐다. 아버지가 어렸을 때 돌아가셔 서 아버지의 기억에도 거의 남아있지 않았기 때문이었다.

"그리고 나는 촌장 집안에서 태어났으니까 밭일을 하는 한편 마을도 돌보고 있었는데, 어느 순간부터 마물이 나오기 시작하더 군. 정말 난감했어. 워낙 작은 마을이라 모험가를 고용할 돈도 없 었거든. 그래서 빈스에게 부탁했지. '마물을 사냥해 줄 수 없을 까?'라고 말이야."

······무모한 이야기다. 동물과 마물은 위험도가 완전히 다르다. 사냥꾼이 마물을 사냥할 수 있다면 모험가는 필요 없을 것이다.

내 의아한 시선을 눈치챘는지 노인이 황급히 말을 이었다.

"무모한 소리라는 건 알고 있었다. 나도 강제할 생각은 없었고. 그런데 빈스가 그걸 받아들인 거야. 물론 사냥을 대신할 만큼의 보수는 냈다. 모험가의 보상에 비하면 턱없는 것이긴 했지만."

할아버지는 상당한 호인이셨던 모양이다.

"빈스 녀석답게 처음에는 잘 안 풀렸어. 하지만 뭐, 빈스에 관 해서는 우리 모두가 알고 있었으니 머지않아 어떻게든 해 줄 거 라고 기대했지. 이러니저러니 해도 우리들은 모두 그 녀석을 좋 아했고, 의지하고 있었으니까."

"그래서 마물을 사냥할 수 있게 됐나요?"

"그래, 1년 정도 걸리긴 했지만 무기나 함정을 개량했고, 시간을 들여 신중하게 마물을 처리할 수 있게 됐지. 덕분에 살 수 있었어. 다만 그 소문이 퍼져서 다른 마을에서도 마물 퇴치 부탁이 들어오게 됐어. 그 녀석은 싫은 내색 하나 안 내고 맡았다. 그렇게 하나씩 하나씩 마물 퇴치를 해나가다 보니 '변방의 용사'라는 별명이 붙게 됐지."

"용사……요?"

그 말은 처음 듣는 말이었다.

"뭐, 그 정도로 고마워서 그런 거겠지. 진정한 용사는 마왕을 물리치고 세계를 구해 주는 존재겠지만, 우리에게는 당장 눈앞의 마물을 물리치지 못하면 내일이 오지 않으니까. 루크는 그런 아버지를 동경해 모험가가 돼 버렸어. 빈스는 사냥꾼을 잇게 하고 싶었던 것 같은데, 루크는 사냥꾼인 아버지보다는 용사라고 불리는 아버지처럼 되고 싶었던 모양이야."

"그런가요?"

아버지는 '남을 돕기 위해 모험가가 되었다'고 하셨다. 그것은 할아버지의 영향이었던 것일까.

"루크는 모험가가 되기 위해 마을을 떠났지만, 언젠가 돌아와 빈스 대신 마물을 퇴치하겠다는 생각을 갖고 있었던 것 같아. 하지만 그 전에 마왕이 나타나 이 나라를 침략하기 시작했지."

마왕이 마리카국을 침략한 것은 내가 여섯 살 때의 일이었다.

"그 사실을 가장 빨리 알아차린 것은 빈스였다. 어느 날 마물의 모습이 이상하다고 그러는 거야. 마물의 수가 늘어나고 움직임이 활발해진 것을 보고 짐작한 것 같아. 빈스가 나에게 충고했다. 마을을 버리고 멀리 도망쳐야 한다고."

"……어떻게 하셨나요?"

답은 쉽게 상상할 수 있었다.

"나는 믿었지만 마을 사람들은 믿지 않았지. 아니, 애초에 모두가 도망칠 수는 없었어. 근처 마을로 도망쳐도 상황은 똑같을 테고, 멀리 있는 곳에 연고 같은 건 있지도 않았으니까. 다들 지금의 생활을 버리고 다른 곳으로 갈 수는 없었다. 결국, 빈스의 불행한 예상이 빗나가기만 하면 끝나는 이야기니까."

상상했던 그대로의 대답이었다. 사람은 편리한 방향으로 생각하기 쉽다. 냉정하게 생각하지 못하고 자신이 원하는 소망을 버리지 못한다. 하지만 그것은 어쩔 수 없는 일일지도 모른다.

"결국, 그 녀석의 말이 맞았다. 어느 날 빈스가 마을에 마물이 몰려왔다는 사실을 전했지. 마을 사람들은 그래도 믿으려 하지 않다가, 자신들의 눈으로 마물을 목격하고 나서야 믿었다. 물론 그때는 이미 늦었지."

"그래서 어떻게 됐어요?"

"나와 빈스는 둘이서 미리 도망갈 준비를 진행했다. 무엇을 가져갈 것인지, 어느 길을 쓸 것인지, 누구를 먼저 도망가게 할 것인지 등 여러 가지를. 그 준비에 따라 마을 사람들을 도망가게 했어. 내가 모두를 이끌었다. 그 녀석은 맨 뒤였지. 미리 준비해 놓은 함정으로 마물들의 발을 묶는 역할이었어."

"그럼 할아버지는……."

"그래, 그때 죽었어. 마을 사람들을 한 명이라도 더 도망가게 하려고 끝까지 마물과 싸운 거야. 마을 사람도 몇 명이나 죽었다. 하지만 그 녀석 덕분에 살아난 목숨도 많았지."

아버지도 어머니도 남을 위해 싸우다 죽어갔다. 할아버지 또한 마찬가지로 남을 위해 싸우다 죽어간 것인가.

"빈스가 마련해 놓은 길은 이웃 나라로 향하는 길이었어. 마리카국은 멸망했지만 레틴 마을에서 도망친 자들은 덕분에 살 수 있었다. 지금 이곳으로 마을 사람들이 돌아오고 마을이 다시 일어설 수 있는 건 모두 빈스 덕분이야."

노인의 눈가가 촉촉해졌다.

"사실 말이다. 마물이 덮치기 며칠 전에 나는 빈스에게 같이 도망치자고 했다. 우리 가족과 빈스와 함께 말이지. 말해도 듣지 않는 마을 사람들을 위해 굳이 이곳에 남을 필요는 없었으니까. 하지만 그 녀석은 고개를 끄덕이지 않았어. 이곳에 남겠다고 했다. 나는 지금도 이해할 수 없어. 그 녀석을 죽게 놔두고 싶지 않았어. 그 녀석을 잃고 싶지 않았다고. 그런데 결과는 이 꼴이야."

노인은 위로하듯 비석을 매만졌다.

"그 녀석은 용사였다. 그 용사를 죽인 건 우리들이지. 왜냐하면 그 용사는 우리처럼 약한 인간들을 위해 싸웠으니까. 하지만 우리에게 그 녀석이 목숨을 걸 만한 가치가 있었을까? 우리가 조금만 더 강했더라면, 조금만 더 똑똑했더라면, 그 녀석이 죽지 않고 끝날 수 있었을 거다. 그 녀석이 희생할 필요는 없었을 거야. 그런데 어째서 도망치지 않고 남았던 것일까……."

노인은 누구보다 가까운 친구였던 할아버지의 죽음을 후회하고 있었다. 아레스를 잃은 나도 그 심정은 아플 정도로 이해할 수 있었다.

하지만…….

"할아버지의 마음을 조금 알 것 같아요."

"녀석의 기분을?"

나는 눈 아래 펼쳐진 레틴 마을을 보았다. 결코 크지 않고, 아직 싸움의 상처도 아물지 않았다. 하지만 마을 사람들은 열심히 움직였고, 일어서기 위해 노력하고 있었다.

그것은 이 마을뿐만이 아니다. 아마 세계 곳곳에서 비슷한 풍경을 볼 수 있을 것이다. 흔히 있는 평범한 일상이라고도 할 수 있었다. 하지만 그것은 무척이나 소중하다.

"그럼에도 지키고 싶은 게 있었기 때문이에요."

할아버지가 지키고 싶었던 것은 분명 남아 있었다.

아무것도 없다고 생각했던 나에게도, 남아 있던 것은 있었다.

그제야 스스로가 자랑스럽다는 생각이 들었다.

그날 나는 노인의 집에 머물렀다.

그리고 다음 날부터 할아버지가 지킨 이 마을의 재건을 돕기로 했다.

　우리가 레틴 마을에 가기까지는 그 뒤로 조금 더 시간이 걸렸다.

　솔론의 전이 마법은 한 번 갔던 곳으로만 갈 수 있었기에 마리 카국이 있던 장소 근처까지 간 다음, 거기서 레틴 마을까지는 직접 가야 했다.

　"마법은 만능이 아니야. 가본 적도 없는 장소의 위치를 특정해서 이동하는 건 불가능해."

　솔론은 묘하게 당당한 어조로 말했다.

　하지만 그렇다면 탈리즈 마을에는 가본 적이 있다는 뜻이 된다.

　"……아레스의 부모님을 만나 보려고 근처까지 갔었던 적은 있어. 하지만 결국 만나지 못했지."

　그는 조금 화난 것도 같고 쑥스러운 것도 같은 얼굴로 대답했다.

　아아, 이 사람은 오만불손한 인간처럼 보이지만 사실 겁도 많고 상냥한 사람이구나. 직접 세라 씨를 찾아가 물을 수가 없어서, 그 부분을 나에게 의지하려고 했던 것이다.

　전이된 곳에 있는 마을에서 말을 빌려 레틴 마을을 목표로 나아갔다.

　나는 원래 말을 잘 타지만, 의외로 솔론도 말을 잘 몰았다.

　"딱히 잘하는 건 아니지만 여행 중에 오랜 시간 탈 기회가 있었거든. 자크가 알려줬어. 그 녀석이 나한테 알려준 몇 안 되는 것

중에 하나지."

솔론은 자랑스러워 보였다.

※ ※ ※

마리카국이 있던 자리는 과거 마왕군이 침략했던 상흔이 여전히 남아 있었고, 국토 전체가 황폐해져 있었다.

"마왕령에 가까이 갈수록 이런 곳은 더 많아."

솔론은 별다른 감정을 내비치지 않았다. 과거의 여행을 통해 이러한 광경을 무수히 봐 온 것 같았다.

하지만 나라에서 한 번도 나가보지 못했던 나에게는 충격이었다. 자신이 얼마나 아무것도 몰랐는지 이제야 알 수 있었다. 분명 어머니는 이보다 더 참혹한 광경을 몇 번이나 봐 오셨겠지.

겨우 도착한 레틴 마을은 바다 근처에 위치해 있었다.

건물이나 밭은 아직도 많이 황폐했지만 그래도 지나온 다른 곳에 비하면 상당히 좋은 편이었다. 사람이 생활하고 있음을 보여 주는 연기가 하늘에 몇 개씩 피어오르고 있었다.

밭일을 하던 마을 사람에게 자크에 대한 소식을 묻자 곧바로 거처를 알려 주었다.

그는 2년 전에 이 마을에 와서 마을의 부흥을 돕고 있다고 했다. 일도 열심히 해 주고 가끔 나타나는 마물도 토벌해 주는 고마운 존재라고 했다.

알려준 곳에 가보니 그는 가옥의 벽돌을 쌓고 있었다.

조금 거친 밤색 머리카락에 그와 맞춘 듯한 갈색 눈동자. 나이에 어울리는 모습이긴 했지만 기본적으로는 달라지지 않았다. 마을 사람들의 모습과 너무 잘 동화되어서 아무런 위화감도 들지 않았는데, 그 부분이 또 그다웠다.

자크는 다가오는 우리를 금세 알아차렸다. 감이 좋은 것은 역시 용사라서 그런 것일까.

"어, 솔론 아냐?!"

그는 크게 놀랐다. 뭐, 놀라지 않으면 곤란하긴 하다. 이쪽은 여기까지 오느라 엄청나게 고생했으니까.

솔론은 성큼성큼 걸어가 자크를 끌어안았다.

"찾았어."

그 한마디뿐이었는데, 굉장한 무게감이 느껴졌다.

"그래."

자크도 그렇게 대답하고는 그를 다시 한번 껴안았다.

조금 후, 그가 나에게 눈을 돌렸다.

"혹시 알렉시아 공주? 왜 여기에?"

나를 기억해 준 것이 기뻤다.

솔론은 자크에게서 몸을 조금 떨어뜨렸다.

"당신의 거짓말은 이미 알고 있어요. 저도, 셰라 씨도."

그렇게 말하자 자크가 놀란 표정을 지었다.

"……난감하네…… 그래, 그렇구나. 그런데 왕녀가 그런 말을 하려고 일부러 여기까지 온 거야?"

"약속을 이루러 왔어요."

"약속?"

"좋아하는 사람과 결혼하겠다는 약속을 이루러."

"허?"

그는 의아함이 담긴 표정을 지었다. 솔론은 히죽히죽 웃고 있다.

"좋아하는 사람이, 설마 나?"

참 눈치 없는 사람이다. 나는 말 없이 고개를 끄덕였다.

"그⋯⋯."

자크는 얼굴을 붉히고 난감한 듯 머리를 긁적였다.

그리고 조금 생각한 뒤에 말했다.

"왕도에서 맛있는 디저트 가게를 알고 있어, 괜찮다면 같이 갈래?"

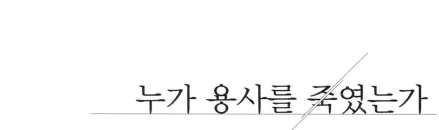

누가 용사를 죽였는가

At a certain sweets shop.

어느 디저트 가게에서

요즘 왕도는 조금 소란스럽다.

죽었다고 알려진 용사님이 돌아왔기 때문이다.

어떤 이야기인가 하면, 용사님의 공적을 문헌으로 정리하는 와중 실은 살아 있는 것이 아닌가 하는 의심을 하게 되었고, 왕녀님이 직접 발견해 내셨다고 한다.

왕녀님이 정리한 문헌은 대대적으로 발표되면서 용사님의 발자취가 드러났다.

그에 따르면 용사님은 처음에는 용사가 아니었다. 용사였던 친한 친구가 죽어서 그 대신 용사가 되었고, 수많은 역경과 고난을 이겨내고 마침내 마왕을 타도했다는 것이다.

정리된 용사님의 문헌은 책으로 출판되어 눈물 없이는 읽을 수 없는 이야기라며 왕도에서 큰 인기몰이를 했다. 돈이 있는 사람은 책을 구입했고, 돈은 없지만 글을 읽을 수 있는 사람들은 돌려가며 읽었고, 돈도 글도 읽을 수 없는 사람들은 이 책의 낭독회에 가서 그 이야기를 들었다.

덕분에 용사님의 인기는 날로 치솟았다. 이런 사람이 왕이 됐으면 좋겠다는 사람들도 늘어났다. 용사님이 왕녀님과 결혼해서 왕이 될지 어떨지 우리는 알 수 없지만, 나도 그렇게 되면 좋겠다고 생각했다.

책이 유행하게 되면서 대대적으로 용사님의 개선 퍼레이드가 벌어졌다. 검성님, 성녀님, 현자님이 모두 참여한 퍼레이드는 다른 나라에서 구경하러 찾아올 정도로 성황을 이뤘고, 나도 멀리서 봤는데 너무 멀어서 용사님 일행의 얼굴은 잘 보이지 않았다. 용사님은 소문에 의하면 초상화 그대로의 멋진 사람이라고 한다. 한번 가까이서 보고 싶다.

※ ※ ※

우리 아버지는 과자 상인이고 실력도 좋다. 왕도의 변두리에 있는 아버지의 가게는 작지만 늘 사람으로 붐빈다. 변두리였기에 기본적으로는 서민들이 오가는 가게였지만, 때때로 귀족의 심부름꾼 등이 와서 사가기도 했다. 서민용 가게인데도 아버지의 과자를 찾는 귀족이 있다는 것은 우리 집의 작은 자랑이기도 했다.

나도 어렸을 때부터 가게 일을 도우면서 조금씩 내 과자를 만들게 되었다. 최근에는 가게에 딱 한 가지를 진열하게 되었다.

과자 만들기는 의외로 중노동이다. 무거운 재료를 나르거나, 반죽을 주무르고 치대거나, 재료를 계속해서 섞기도 한다. 화상도 입고 손도 거칠어진다. 그래서 사실은 남자가 하는 일인데, 나는 아빠처럼 되고 싶어서 매일매일 개점 전에 열심히 만든다.

조금씩 향상되고 있기는 하겠지만, 외형이나 맛이 아버지의 것에는 미치지 못해 잘 팔리지는 않았다.

그래서 항상 기도하는 마음으로 손님들을 바라본다.

'내 과자를 사주지 않을까' 생각하면서.

내 과자가 가게에 진열되기 시작했을 무렵, 가게에 오는 단골 손님이 한 명 늘었다.

아빠 말로는 그 사람은 본래 팔룸 학원 학생인데, 십여 년 전까지 가게에 자주 왔었다고 했다. 하지만 졸업한 뒤로는 전혀 모습을 드러내지 않게 되었다고.

그의 모습을 보자마자 아버지는 주방 안에서 뛰쳐나와 그를 껴안았다.

"이게 얼마 만이야!"

신기한 일이다. 아버지는 과묵한 성격이라 감정을 많이 드러내지 않는데, 그 모습은 정말로 기뻐 보였다.

그도 "오랜만이에요" 하고 말하며 상냥하게 웃어 보였다.

나이는 20대 중반 정도로 조금 거친 밤색 머리카락에 갈색 눈동자. 딱 보기에도 서민 같아 보이는 평범한 남성이었다.

아버지는 그와 한바탕 이야기를 나누더니 가게에 진열되어 있던 과자를 종류별로 전부 다 안겨주었다.

"다 가져가! 전부 먹어봐!"

그는 살짝 난처한 표정을 지으며 돈을 내려고 했지만, 아버지는 그것을 거부했다.

손님에게 공짜로 과자를 주는 모습은 처음 봤기에 나 역시 놀랐다.

결국, 그 사람은 "또 올게요"라고 말하고는 많은 양의 과자를 품에 안고 가게를 떠났다.

아버지가 말하길 그 사람은 자신의 은인이라고 했다.

내가 어렸을 때 큰 가게에서 제과점을 하던 아버지는 독립해서 서민들을 대상으로 한 가게를 차렸다. 하지만 처음에는 손님이 오지 않았다고 한다.

본래 과자라는 것은 사치품이었고, 특히 서민에게는 쉽게 먹을 수 있는 음식이 아니었다.

그래서 가끔 먹는 만큼 되도록이면 맛있는 과자를 먹고 싶어 했다. 그런 이유로 과자에 대한 기대치는 상당히 높아진다.

이 기대에 부응할 수 있는 과자를 만드는 것은 무척 어려웠다.

아버지는 시행착오를 겪으며 많은 과자를 만들어 매장에 진열했지만, 많은 사람이 좋아할 만한 과자는 쉽게 나오지 않았다.

그때 나타난 것이 당시 학생이었던 그였다.

그는 언제나 과자와 눈싸움을 하면서 중얼중얼 신의 이름을 외는 특이한 손님이었다고 한다. 사는 건 늘 최고의 과자뿐. 학생이라 많이 살 돈이 없어 늘 진지하게 고민한 끝에 구입할 과자를 결정했다.

다만 산 과자는 본인이 먹는 것이 아니라 여자친구의 선물이었다. 그는 '여자친구가 아니다'라며 부정했다는 모양이지만, 아버지는 애인이 틀림없다며 확신했다. 그게 아니라면 저렇게나 진지하게 고민할 리가 없다면서.

그 여자친구라는 존재는 특이한 사람이었는지, 건넨 과자가 마음에 들지 않으면 그를 심하게 괴롭혔다고 한다.

학원 옥상 공중에 매달거나, 마법의 실험대로 삼거나, 절벽에서 발로 차 떨어뜨리거나, 올라왔던 곳을 다시 한번 발로 차 떨어뜨리거나, 전부 다 믿을 수 없는 이야기들뿐이었다.

"저번 과자는 어땠어?"

"실패한 것 같아요."

그런 것이 당시 아버지와 그가 자주 나누던 대화였다고 했다.

그는 다른 디저트 가게에도 다녔다고 하는데, 아버지는 불쌍한 그를 위해 여자친구의 입맛에 맞을 만한 과자를 만들게 되었다. 하는 김에 정작 본인은 먹지 않는 그를 위해 시식 같은 것도 시켜준 모양이다.

그는 왜 그런 여자와 사귀고 있었을까? 과자를 사 오게 하고 마음에 들지 않으면 괴롭히다니, 분명 얼굴도 성격도 못된 사람일 것이다.

하지만 아버지가 그 여자의 취향에 맞춰 과자를 만드는 동안 우리 가게의 평판은 서서히 올라갔다.

놀랍게도 과자를 보는 그의 안목이 점점 좋아져서, 수많은 과자 중에 그가 고르는 과자는 다른 손님에게도 반응이 좋았다는 것이다.

머지않아 그가 가게에 오면 여러 시제품을 보여주고 시식을 시킨 뒤 그중에서 하나를 고르게 했다.

그리고 그가 고른 과자는 다음 날부터 가게 선반의 가장 잘 보이는 곳에 진열되었다.

그러는 사이에 매주 실패 없는 새로운 과자를 진열하는 가게로 큰 인기를 끌게 되었다.

"지금 우리 가게가 있을 수 있는 건 그 녀석과 그 녀석의 성격 고약한 여자친구 덕분이지."

아버지는 그렇게 말씀하셨다.

※ ※ ※

그로부터 일주일 정도 후에 그 사람은 우리 가게에 방문했다.

게다가 여자와 함께.

예쁜 금발을 하나로 묶고 안경을 쓴, 유능해 보이는 여성이었다. 차림으로 봐서는 성의 문관이나 큰 상점의 접수 직원이 아닐까 생각했다. 자세히 보니 꽤 미인이다.

"설마, 그때 그 여친?"

아버지는 그에게 슬쩍 물었다.

그는 웃으며 "아니요"라고 답했다.

"다행이다. 그런 못된 여자랑 인연을 끊어서 정말로 다행이야."

아버지는 그렇게 말하며 울었다.

그는 난처한 표정을 지으며 쓴웃음을 지어 보였다.

다만 그 후로 좀 묘한 일이 벌어졌다.

그가 다녀가자마자 새로운 여성 손님이 찾아온 것이다.

스카프로 머리를 완전히 감싸고 있어 얼굴은 잘 보이지 않았지만, 점원으로서 정면으로 마주하자 말도 안 나올 정도의 미인이었다. 도자기 같은 뽀얀 피부에 신비로운 검은색 눈, 스카프 너머로 들여다보이는 검은색 머리카락은 마치 비단 같았다.

"조금 전에 온 손님이 있었죠? 갈색 머리를 한 젊은 남자. 그가 사간 디저트를 나도 사고 싶어요. 그 사람, 디저트를 정말 잘 고르거든요."

매력 넘치는 미소를 지으며 말한 미녀의 말에 나는 아무런 의심도 하지 않고 시키는 대로 과자를 포장했다.

"고마워요."

값을 치르고 과자를 받아든 그녀는 잠시 주변을 살피다가 떠났다.

그 모습에 나는 한동안 얼이 나가 있었다.

정말로 아름다운 사람이다. 분명 얼굴뿐만 아니라 성격도 아름답겠지.

얼굴을 가리고 있는 것도 너무 아름답기 때문일 것이다.

그리고 조금 더 시간이 지나, 또 새로운 손님이 찾아왔다.

건장한 체격에 옷차림도 깔끔한, 누가 봐도 기사 같은 품격을 내뿜는 금발의 남자였다. 얼굴도 다부지고 보기 좋았다. 수염을 좀 길렀는데, 그것조차 어른스러움이 느껴져서 멋있었다.

"여기는…… 그 녀석이 특별히 좋아하던 가게였지. 자…… 아니, 아레…… 아니, 그…… 좀 거친 밤색 머리카락을 한 밋밋한 남자다. 누군지 알겠나?"

누군지 알겠다. 본인은 평범하지만, 여러모로 임팩트가 강한 사람이었기에 바로 누군지 알 수 있었다.

"네. 최근에 방문하신 분이죠?"

"맞아, 그놈이야. 그 녀석이 사간 과자를 줘. 남아 있는 거 전부다."

"저…… 양이 꽤 되는데 괜찮을까요?"

도저히 혼자 먹을 수 있는 양은 아니었다.

"괜찮아. 내 약혼자 선물로 줄 거거든. 오래 기다리게 했으니까. 좋은 걸 주고 싶어."

그렇게 말하며 빙긋 웃은 금발의 남자는 역시 근사했다.

"약혼녀분이 계시군요."

나는 조금 아쉬운 마음을 느꼈다.

"약혼자라고 해도 사촌 사이지만. 서로 잘 알던 사이이기도 하고 내가 존경하던 사람의 딸이기도 해. 뭐, 나한테는 과분할 정도의 여자다."

금발의 남자는 조금 수줍게 웃었다. 흐뭇한 미소가 절로 지어지는 광경이었다.

이렇게 훌륭한 사람인데 귀여운 구석까지 있다니, 점점 더 멋지다.

금발의 남자가 돌아가고 시간이 꽤 흘러 가게 문을 닫기 직전, 또다시 새로운 손님이 찾아왔다.

이번에는 보라색 후드를 입은, 누가 봐도 마법사 같아 보이는 사람이었다. 마법사가 디저트 가게에 오다니 드문 일이다. 우리 가게에서는 처음이 아닐까?

마법사라고 하면 단 음식 같은 건 먹지 않고 녹색의 걸쭉하고 이상한 수프를 마실 것 같은 이미지가 있었다.

그 마법사는 딱 보기에도 신경질적이고 성마른 얼굴을 하고 있었다. 이런 사람은 요주의다. 사소한 일로 가게 상품에 트집을 잡는 일이 많았다.

나는 기합을 넣고 대응하기로 했다.

"이봐, 오늘 밋밋한 남자 한 명이 과자를 사러 오지 않았나? 조금 거친 밤색 머리카락을 한 남자인데. 누군지 알겠어?"

마법사가 퉁명스러운 어조로 물어왔다.

'어? 이 사람도?'

이로써 세 번째다. 미녀에 기사에 마법사라니, 그 사람은 대체 뭘 하는 사람일까?

평범한 서민인 줄 알았는데. 어쩌면 맛있는 과자를 찾아내는 명인으로 유명한 사람인지도 모르겠다.

"오시긴 했는데……."

"그래? 그 녀석이 사 간 거랑 똑같은 과자를 줘봐."

마법사의 말투는 예의라고는 조금도 찾아볼 수 없었다.

"죄송해요. 그걸 전부 다 사간 손님이 계셔서……."

나는 최대한 죄송함이 담긴 어조로 답했다. 마법사가 화를 낼지도 모른다고 생각했기 때문이다.

"칫, 레온 녀석 짓이군. 하여간 귀족들이란 하나같이 이렇다니까…….”

마법사는 미간을 찌푸리긴 했지만 화를 내지는 않고 혼잣말로 조용히 투덜거렸다.

“저, 저희 가게에서는 그것 말고 다른 과자도 팔고 있는데요…….”

나는 어쨌든 이 가게의 일원이었기에, 까다로워 보이는 그에게도 상품을 권유했다.

“흥.”

마법사는 조금 불만스럽게 콧방귀를 뀌었다.

“그 녀석과 똑같은 걸 먹고 싶었는데. 하지만 가게에 와서 안 사고 나가는 것도 도리는 아니지. 어쩔 수 없네. 남은 거라도 몇 개 사갈까.”

뭘까. 사주는 사람이니 손님은 맞지만, 쓸데없는 사족을 붙이는 통에 솔직하게 기뻐할 수는 없었다.

마법사는 정말 손에 집히는 대로 과자를 골랐다. 그중에는 내가 만든 과자도 포함되어 있었다.

‘어쩌지? 내가 만든 과자를 먹고 만약 마음에 들지 않으면 마법으로 가게를 태워버릴지도 몰라.’

머릿속으로 눈앞의 마법사가 괴상한 웃음을 지으며 가게를 불태우는 광경을 상상해 버렸다. 너무 잘 어울린다.

“저, 그 상품은…….”

가게에 무슨 일이 생기면 곤란했기에 나는 내 과자를 사는 것을 말리려고 했다.

"뭐야? 내가 이걸 사면 안 되는 이유라도 있어? 이 가게는 상품으로 팔 수 없는 걸 매장에 진열하고 있는 건가?"

실로 불쾌하다는 얼굴로 마법사는 그렇게 말했다.

이런 말을 듣고 상품의 구입을 포기하게 만들 수 있는 직원이 어디 있을까. 나는 울며 겨자 먹기로 상품의 합계 금액을 알렸다.

마법사는 지루해 죽겠다는 얼굴로 품에서 대금을 꺼냈고, 나는 그것을 마지못해 받아들었다.

"감사합니다. 다음에 또 와 주세요."

상투적인 인사말을 건네면서도 그가 더는 오지 않기를 빌었다.

※ ※ ※

또 일주일쯤 지나 과자 선택의 명인(?)이 다시 가게를 찾았다. 이번에도 안경을 쓴 여자와 함께였다.

아버지가 다시 주방에서 뛰쳐나와 그와 둘이서 과자 이야기를 시작했다.

잘 설명하지는 못하지만 그래도 최선을 다해 과자의 장점을 전해 주려 애쓰는 그의 모습은 무척 호감이 갔다.

그러자 함께 있던 여자가 내게 말했다.

"과자, 정말로 맛있었어요. 어머님도 맛있다고 해 주셨고요."

"그거 다행이네요. 어머님과 사이가 좋으시군요."

"글쎄요. 사실 못 뵌 지 오래됐어요. 얼마 전 딱 한 번 만났는데, 그 뒤로는 어머님이 방에서 나오질 않아 곤란하던 참이었거든요. 하지만 이 사람이 함께 어머니께 가줘서, 반강제로 방문을 열어주셨답니다."

여자는 사랑스럽다는 표정으로 그를 바라보았다. 그는 그 시선을 눈치채지 못하고 아버지와 과자 이야기를 계속하고 있다.

"그건…… 힘드셨, 겠어요."

뭔가 복잡한 집안 사정이 있어 보였다. 깊게 파고들어도 되는 것인지 망설임이 들었다.

"네, 힘들었어요. 하지만 어머님도 그가 추천해 주는 과자를 말없이 드시더니 '맛있다'고 말씀해 주셨어요. 그 후에 조금씩 대화를 할 수 있게 되었고요. 그래서 오늘도 이곳의 과자를 어머님께 드릴 선물로 사갈 생각이에요."

그렇게 말하는 여자는 행복해 보였다. 역시 과자 선택의 명인이다. 과자로 사람을 행복하게 만드는 일은 쉽게 할 수 있는 일이 아니다.

이날도 그가 돌아가고 바로 뒤에 미인이 와서 역시 똑같은 과자를 사 갔다. 그 뒤에 금발이 와서 전부 다 사 갔다.

마지막으로 마법사가 왔다. 또 폐점 직전에.

"오늘도 다 팔렸나?"

마법사는 실망한 얼굴이었다. 여전히 화가 나 보인다.

'예상을 했으면 좀 더 빨리 왔으면 좋잖아.'

나는 그렇게 생각했는데, 그 생각을 꿰뚫어 보기라도 한 듯 마법사가 나를 노려보았다.

"어쩔 수 없지. 그럼 오늘도 남은 거나 몇 개 사 가지, 뭐."

역시 쓸데없는 사족을 덧붙인다. 하지만 전에 산 과자를 불평하는 일도 없었고, 갑자기 주문을 외우는 일도 없었다. 의외로 마음에 든 것일지도 모른다.

"이거랑 이거랑 이걸 줘. 그리고 그것도."

마법사는 이번에도 적당히 과자를 골랐는데, 그 안에는 또 내과자가 들어 있었다. 혹시 맛있다고 생각해 줬을까?

하지만 괜히 물었다가 싫은 소리만 돌아올 것 같다는 생각에 도저히 과자의 감상을 물어볼 수가 없었다.

※ ※ ※

그런 날이 일주일에 한 번씩, 몇 번인가 계속되었다.

과자를 찾는 명인의 말에 따르면 미인도 금발도 마법사도 그의 소중한 친구라고 했다.

"그럼 다 같이 오면 되지 않아요?"

내 질문에 그는 이렇게 답했다.

"다들 입장이 있어서 바쁘거든. 모일 기회가 많이 없어."

그런가? 금발 남자와 마법사는 그렇다 쳐도 그 미인은 마치 뒤를 쫓기라도 한 것처럼 그가 돌아간 직후에 나타난다.

그 말을 하려는데, 등줄기가 오싹한 기분이 들었다. 밖에서 시선이 느껴졌다.

슬금슬금 가게 유리창 너머로 밖을 보니 그 미인이 서 있었다.

씨익 웃고 있다.

무서워.

……하지 말자. 고객에게 쓸데없는 말을 해서는 안 된다. 나 자신을 위해서라도.

그날의 마지막 손님도 마법사였다.

평소처럼 다 팔린 상품을 확인하고는, 평소처럼 팔리지 않은 것 중에서 내가 만든 과자를 포함해 몇 가지 상품을 골라갔다.

고르는 과자는 제각각이었지만 내 과자만은 항상 골라주었다.

역시 내 과자가 마음에 든 걸까?

"그 과자는 늘 구입하시던데, 맛있나요?"

굳게 마음먹고 물어보았다.

"맛없어."

……물어보는 게 아니었다. 역시 이 마법사는 최악이다.

"이 과자는 네가 만든 거겠지?"

마법사는 웃으며 말했다.

불쾌한 사람이다. 내가 만들었다는 것을 알면서도 맛이 없다고 한 것이다.

"그런데요……."

"네가 이 과자를 볼 때만 눈빛이 달라지거든. 유일하게 이것만 감정이 담긴 눈빛으로 보더라고. 그래서 알았지."

역시 마법사다. 통찰력이 좋다.

"왜 맛도 없는 걸 맨날 사가세요?"

나는 좀 쌀쌀맞게 물었다.

"흠, 다른 과자는 완성되어 있어서 맛있어. 하지만 미완성인 상품에도 그것 나름의 가치가 있는 법이지. 미완성이기 때문에 조금씩 맛이 좋아지는 게 느껴지니까. 성장하는 그 과정을 즐기는 거랄까. 나는 그런 것들이 가치 있다는 사실을 친구 녀석한테 배웠거든."

친구라는 것은 그 과자를 찾아내는 명인을 말하는 것일까?

마법사가 나를 바라보았다.

"물론 그 성장도 네 노력이 있기에 가능한 거지. 그래서 나는 매번 사는 거다. 네가 노력하지 않았다면 사지 않았을 거야. 실패를 두려워하지 말고 도전해 봐. 내가 사줄 테니까 걱정하지 말고."

그렇게 말하고 마법사는 대금을 내고 돌아갔다.

저 마법사는 치사하다. 그런 마법은 정말로 치사하다.

나는 얼굴이 붉어진 것을 깨달았다.

후기

제가 '소설가가 되자'라는 웹사이트에 소설을 올리기 시작한 것은 꽤 늦은 나이인 44살이 되던 해였습니다. 처음 쓴 작품 '몬스터 고기를 먹고 있었더니 왕위에 오른 건'은 거의 반응을 얻지 못하고 아픈 마음으로 연재를 종료했습니다.

그리고 45살이 되던 해에 두 번째 작품인 '누가 용사를 죽였는가'를 집필했고, 많은 분들께 좋은 평가를 받으며 서적화 작업이 진행되었습니다('몬스터 고기를 먹고 있었더니 왕위에 오른 건'도 GCN문고를 통해 같은 시기에 서적화 작업이 정해졌습니다).

'소설가가 되자'에 글을 올렸으니 당연히 소설가가 되고 싶었겠죠? 하지만 저는 단순한 소설가가 되고 싶었던 것이 아닙니다. 굉장한 소설가가 되고 싶었습니다.

요즘에는 작가를 포함해 다양한 분들이 WEB상에 '원하는 것 목록'을 게재하고 있는 시대입니다. 실은 저에게도 원하는 것이 하나 있습니다.

──서점 대상(서점 직원들의 투표로 수상하는 일본의 문학상.)을 받고 싶다.

아, 하고 싶은 말은 알고 있습니다.

아마 이 후기를 처음 읽는 담당자분도, 지금 읽고 있는 대부분의 분들도 '바보 아니야'라고 생각했을 겁니다. 44살이 된 뒤로 소설을 쓰기 시작한 아저씨인 데다 라이트 노벨이라고 불리는 장르이니 거의 불가능에 가깝겠죠.

하지만 제가 이 이야기에서 쓴 내용은 바로 그런 것입니다.

남들이 '할 수 있을 리가 없다' '불가능하다'라고 말하는 일에 도전한다. 바보 취급을 당해도 계속 노력한다. 아주 조금이라도 좋으니 자신에게 기대를 건다. 바로 그런 겁니다.

물론 저는 불가능하다는 생각은 하지 않습니다. 이 작품은 남녀노소 불문하고 즐길 수 있는 이야기라고 자부합니다. 서점에서 '이거 재밌어요'라고 누구에게나 추천할 만한 책이라고 생각합니다. 독서를 좋아하는 사람뿐만 아니라 평소에 독서를 하지 않는 사람도 읽을 수 있는 책이라고 말이죠. 그렇게 생각하면 서점 대상을 받을 가능성도 조금은 있지 않을까요?

게다가 직접 선언하지 않으면 라이트 노벨이라는 장르인 만큼 도마 위에 오르는 것조차 불가할 수도 있습니다. 목소리를 높여야 대상으로서 그나마 인식될 수 있는 것이죠.

하지만 비록 이 작품이 그 정도로 주목받지 못한다 해도, 앞으로 책을 계속 내는 한 서점 대상을 받을 수 있는 굉장한 소설가를 목표로 하려고 합니다.

뭐, 마흔다섯에 운 좋게 소설가가 된 아저씨가 '서점 대상을 받고 싶다'고 떼를 쓰다가 비참하게 패한다 하더라도 거기에는 아무런 후회가 없습니다.

왜냐하면, 저도 용사처럼 살아보고 싶으니까요.

DARE GA YUSHA O KOROSHITAKA

©Daken, toi8 2023
First published in Japan in 2023 by KADOKAWA CORPORATION, Tokyo.
Korean translation rights arranged with KADOKAWA CORPORATION, Tokyo.

누가 용사를 죽였는가

2025년 1월 15일 1판 1쇄 발행

저   자 다켄
일 러 스 트 toi8
옮 긴 이 이소정
발   행   인 유재옥
이   사 조병권
출판본부장 박광운
담 당 편 집 정영길
편 집 1 팀 박광운
편 집 2 팀 정영길 조찬희 박치우
편 집 3 팀 오준영 이소의 권진영 정지원
디자인랩팀 김보라 이민서
디지털사업팀 김경태 김지연 윤희진
라이츠사업팀 김정미 이윤서
콘텐츠기획팀 박상섭 강선화
영업마케팅팀 최원석 박수진 이다은
물 류 팀 허석용 백철기
경영지원팀 최정연
인쇄제작처 ㈜코리아피엔피
발   행   처 ㈜소미미디어
등   록 제2015-000008호
주   소 서울시 마포구 토정로222, 403호 (신수동, 한국출판콘텐츠센터)
판매 및 마케팅 (070) 8822-2301

ISBN 979-11-384-3215-3 (04830)
ISBN 979-11-384-3214-6 (세트)